歌のお姉さんは崖っぷち

強引御曹司と恋に落ちてもいいですか？

ぐるもり

ILLUSTRATION
蜂不二子

蜜夢
MITSU YUME

CONTENTS

MITSU YUME

イラスト／蜂不二子

歌のお姉さんは崖っぷち

強引御曹司と恋に落ちてもいいですか？

1　不似合いな観客は、誰？

　近頃のクリスマスカラーは、様々だ。昔は、赤と緑が定番だった。しかし、今年の流行は、目の前に降り注ぐ、キラキラ輝く銀色とロイヤルブルーのようだ。そんな紙吹雪を目の前にして、自分が子供のころ憧れた色とは全く違う色に、年齢を改めて意識させられる。志保《しほ》が身に着けているのは赤いサンタクロースのセットアップ。上はジャケット、下はショートパンツ。そしてファーのついたショートブーツ。ストッキングを履くことは許されないが素足だからといって、性的な目で見られてはいけない。志保に与えられているのはそういう仕事だ。

　ステージに紙吹雪が放たれ、前が見えなくなるほど降り注ぐ。紙吹雪も子供たちの歓声も落ち着いたころ、インカムマイクのスイッチを入れる。

「では、みんな！　志保お姉さんと約束だよ？　素敵なクリスマスを過ごしてね！」

　胸に『しほお姉さん』と書かれた名札を揺らし、少ない観客に向かって志保は手を振る。パチパチとまばらな拍手に包まれて、志保は大人気キャラクターのキラキラマンの決めポーズをとる。そのころには、まばらだった客もほとんどいなくなった。がらがらの客席に向かって手を振り続けるのは、正直辛い。

それでも、いつだって全力で演じ切らなければいけない。

自分の仕事は、いつだって子供たちの夢に繋《つな》がっていっているのだから。

ステージショーの司会者兼ダンサー兼歌手。いわゆる、歌のお姉さん。

子供の夢を壊さないように、志保は今日も笑顔を崩さない。

たとえ、それが『サブ』の歌のお姉さんだとしても。

◇　◇　◇

「広橋《ひろはし》さん、そっち終わった？」

「はい。終わりました」

観客席の端に落ちていた最後の紙吹雪を拾い、ごみ袋の中に入れる。ぐるりと辺りを見回すが、ごみはもう落ちていないようだ。

次のステージのため、転倒の原因になる紙吹雪を残しておくわけにはいかない。休日であれば、『最後はお片付け！』と称して、子供たちと一緒に拾うイベントの一環となる。

しかし、平日である今日は、子供すらいない。館内の掃除は清掃会社の仕事だが、紙吹雪は掃除機が詰まる可能性があるということで、清掃の範囲外なのだ。そうなってくると、紙吹雪の片づけはイコール、スタッフの仕事となってしまう。

志保はごみを拾うためにかがんでいた腰をぐっと伸ばす。同じ姿勢をしていたせいか、筋肉のひきつりを感じた。

若い若いと思っていたが、ここでも年齢を感じてしまう。一番輝ける年齢は二十五歳、クリスマスまでとはよく言ったものだ。そんなものは今の時代にそぐわないと知っていても、少しずつ衰えていく体は正直だ。とは言っても、自分はまだ二十七歳だ。焦る年でもないと周りは言う。しかし、志保の仕事は少し特殊だ。年齢を気にしているのは誰でもない、自分だった。志保は小さくため息をついてさらに腰を伸ばした。

「大丈夫ですか?」

「あ、ごめんなさい。大丈夫ですよ」

先ほどまで着ぐるみを着ていたスタッフが気遣ってくれた。彼も、現在はただの清掃員だ。もちろん、志保も同じだ。

ここはとある地方都市にある、キラキラマンミュージアム。キラキラマンとは、どの子供も一度はお世話になると言われている、国民的人気キャラクターだ。

毎週放映されているアニメは、わがままなママワちゃんが様々な魔法器具を使って世界征服(?)をたくらみ、キラキラマンがそれを阻止するという、お約束のストーリーだ。キラキラマンにはとにかくサブキャラクターが多い。人間の感情・欲求を、それぞれキャラクターのモチーフにしている。キラキラマンは正義感、ママワちゃんはわがまま。そのほかに、嫉妬、笑顔、食欲……ここ最近発表されたキャラクターには、おもらし、をモチーフにしたものまである。これまた哀愁を誘うような可愛らしい顔をしており、意外にも子供たちに人気だった。

そんな国民的キャラクターをテーマとしたミュージアムは、北海道・東北地方・関東地方・東海地方・関西地方・九州地方の各主要都市に建設されていた。そのくらい人気のあるミュージアムだったが、さすがに平日の客はまばらだった。

先ほどのショーは十一月初旬から始まった、クリスマスをテーマにしたふれあいショーだ。物語性のあるショーと違い、主に子供たちとのふれあいを目的にしている。一緒にダンスをして、歌を歌い、くじ引きをして、当たった子供へプレゼントを贈呈という、いかにもクリスマスらしいショーだった。

しかし、客がまばらなせいで、予定よりも早くショーが終了してしまった。自分にもう少しトーク力があれば、時間を稼げたのにな……などと反省をしながら志保はステージを後にした。

「午前はこれで終わりですかね？」

「午後は十四時から、アクションショーだね。学校帰りの子供とか来るかもしれないから、さっきよりはお客さんが増えるよね」

そう言ったスタッフに、志保は力なくうなずいた。

スタッフに悪気はないのかもしれないが、自分に人気がないと言われたような気がしたからだ。けれども、志保には下を向いている暇はなかった。いつでも、笑顔で、清潔感があって、優しい。そんな理想の女性を演じなければいけないからだ。

「少し早いけど、休憩に入りますね！」

「おう。お疲れさん。午後もよろしく！」

「はい。よろしくお願いします！」

全身を覆っている疲労などみじんも感じさせない笑顔を浮かべて、志保は休憩室に向かう。その途中で数組の親子とすれ違った。風船や、ポップコーン、子供が抱くのにちょうどよい大きさのぬいぐるみ。それらを手に、子供たちは心底ミュージアムを楽しんでいるように見える。その様子が微笑ましくて、すれ違う子供に手を振る。無邪気に振り返してくれる子供もいれば、驚いたように目を真ん丸にする子もいた。様々な反応を楽しみながら、志保は郷里にいる弟たちの姿を思い出す。

志保がキラキラマンと出会ったのは、十歳のころだった。遅くできた弟の気に入ったキャラクターがキラキラマンだったのだ。忙しい両親に変わり、弟の面倒をみていたため、必然的にキラキラマンに触れる機会が多かった。ＤＶＤ、絵本、映画に付き合ったこともあった。その後、妹、弟、妹、にめぐまれ、もれなく皆、キラキラマンの虜になっていた。

そんな弟妹たちも大きくなり、きっともうキラキラマンを卒業しているだろう。しかし、そんな青春時代を過ごしてしまった志保だけは、今もこうして仕事としてお世話になっているのだ。

「志保さぁ〜ん！」

ぼんやりと家族のことを思い出していると、背後から声がかかった。少し鼻にかかる声は、誰だかすぐにわかってしまった。

「高橋《たかはし》さん。ここでは、広橋！」

「あ〜！　またそんな他人行儀な！　絵里奈《えりな》って呼んでくださぃ！」

ぷん、と怒ったように腰に手を当てる絵里奈は、休前日・土日・祝日の込み合う日にステージに立っている。いわゆる、『メイン』の歌のお姉さんだ。平日、志保がステージに立つ日は、絵里奈がミュージアムのチケット販売を担当している。逆に、絵里奈がステージに立つ日は志保がチケット販売を担当する。

絵里奈は弾けるような笑顔と、可愛らしい顔立ちに加え、保育科を卒業しているため、子どもの扱いがうまい。もちろん、親たちにも大人気だ。愛嬌《あいきょう》もなく、あまり愛想もよくできない自分とは正反対だ。ちくりと痛む胸に気づかないふりをして、志保はにっこりと微笑む。

「スタッフルームに行ったらね。ここは一応職場だからね。高橋さんも休憩でしょ？」

「そうです！　一緒にご飯食べましょう〜！」

そうだね、と返事をすると、絵里奈は嬉しそうに頬を緩めた。絵里奈は、良くも悪くも人の懐に入るのがうまい。志保は、絵里奈を妹のようにかわいがっていた。もちろん、劣等感がないと言ったら嘘になる。しかし、その劣等感がばかばかしくなるほど絵里奈は可愛い後輩だった。

「今日の、志保さんの、おべんとは、なにか、な～」

軽いスキップをしながら、絵里奈がキラキラマンのテーマソングで替え歌をつくっている。

「あげ、ません、よ～」

続きの歌を志保が奪い取ると、絵里奈は頬を膨らませた。志保はその動作が来ることを知っていたかのように、膨らんだ頬を人差し指でつつく。ぷ、と吹き出してしまった絵里奈を笑うと、背中を叩かれた。このような気安い関係が志保のくすんだ心を慰めてくれた。

この調子だと今日も、おかずを取られそうだ。そんな予感を胸に、志保はスタッフオンリーと書かれた扉をくぐった。

「志保さんの煮物美味しい！　こんにゃく、もう一個くれませんか？」

「だめ！」

案の定、詰めてきたおかずを絵里奈に取られてしまう。様々な理由で金銭的に余裕のない志保は、食事に関しては自炊が多い。それに、歌のお姉さんのイメージを壊さないための体型維持には自炊が一番だった。目の前の絵里奈はサンドイッチ、おにぎり、デザートのプリンに、炭酸ジュース、おまけの肉まんをコンビニで買ってきていた。食べてもあまり太らない体型なのだろうか。『羨《うらや》ましい』を通り越して、たくさん食べられることに『すごい！』と感心してしまう。

「そんなこと言わないでください！」

そう言って伸ばしてきた手を軽く叩く。片方の手にはサンドイッチを握っていた絵里奈に、志保は「だめっ！」と叱った。小さく口をとがらせて抗議してきたが、聞き流すことにした。

「けち」

「けちじゃない。食べたければ自分で作ればいいんだよ」

「え～！　無理です～。あ、明日はお母さんに頼んでみようかな」

「そうしなさい。そうしなさい」

実家暮らしのうちに甘えておきな、と志保は付け足した。そのあとすぐに絵里奈の話題は変わり、高校時代から付き合っている彼氏のことを話し始める。

絵里奈の話題はいつもぽんぽんと変わる。相槌《あいづち》を打つのも大変だが、絵里奈の話を聞いているのは楽しかった。

業務が正反対なため、こうして休憩が一緒になるのは珍しい。どうやら彼氏とも順調なようだ。微笑ましく思っていると、休憩室の扉が開いた。

「あ～疲れた！」

「あ、お疲れ様です！」

写真撮影を行っていた着ぐるみスタッフたちが続々と入ってくる。志保は食べ終わった弁当を片付けて席を立つと、常備してある冷茶をスタッフの人数分コップに注ぐ。お盆に乗せて振り返ると、志保の席はなくなっていた。しかし、志保は気にすることなく、茶を配りはじめる。絵里奈はもう入ってきたスタッフの輪の中心にいた。

「どうぞ。お疲れ様です」

「ありがとう。広橋さん」

全員に配り終えた後、志保は歯磨きセットとコップの入った小さな巾着を持って休憩室を出る。その際、何か言いたそうに絵里奈が振り返ったが、志保はあいまいに微笑むにとどめた。

「……はあ」

扉を背中で閉める。こぼれたため息は重たかった。あのままあの場にいたら、言われることは決まっているからだ。

「崖っぷちお姉さん、か」

以前、着ぐるみスタッフに面と向かってそう言われたことがあった。その時は笑って流したが、年齢的にそういわれても仕方がない。可愛くて、清潔感のある、優しい『お姉さん』でなければいけない仕事なのだから。自分はあとどのくらい『お姉さん』でいられるのか。そう考えると、崖っぷちというのはあながち間違いではない。だが、志保はどうすることも出来なかった。

自分は、絵里奈のサポートなのだ。平日のみショーを担当させてもらっているが、絵里奈に何かあったときの緊急対応要員というのが本当のところだった。

「……さて、午後も頑張ろ」

辛い現実に蓋《ふた》をして、志保は午後のショーに向けて気持ちを入れ替えた。

「みんな！　今日は来てくれてありがとう。まず、志保お姉さんとのお約束を守ってもらいたいな！」

インカムマイクのずれを直しながら、志保は、空席の目立つ客席に向かって話しかける。それでも、午前中のショーよりも観客は多い。逆光のせいか、観客の様子は細かにはわからない。けれども、「おねえさーん！」と声をかけてくる子供たちは、心底このショーを楽しみにしているように見えた。

「では、まず、お約束一つ目！　ショーの時は、立ち上がらないで座って観てね！」

それから、と志保は続けていく。すべてを伝え終え大丈夫かと確認すると、子供たちの頼もしい返事があった。

「それでは、みんなでキラキラマンを呼んでみよう！　大きな声で呼ばないと、聞こえないよ～！　さあ！　行くよ！　せーの！」

子供たちが一斉に息を吸う音が聞こえる。一生懸命な様子に、自然と笑顔が溢れ出る。志保も一緒に彼らが待ち望んで止まないヒーローの名前を呼んだ。これから、主要キャラクターがステージに立ち、クリスマスプレゼントを独り占めしようとするママワちゃんを説得して、みんなでクリスマスを楽しむという物語が始まる。

(今回も、全力で)

精いっぱい楽しんでもらおうと、志保はさらに笑みを深くした。

「みんなのおかげで、ママワちゃんも一緒にクリスマスを楽しんでくれるみたい！　やったね！　最後は、キラキラマンマーチをみんなで歌ってお別れしようね！　キラキラマンがみんなの所に行くよ！　マントを引っ張ったりしないで、楽しく歌おう！　では、ミュージックスタート！」

誰もが知っている音楽が流れる。志保は踊り慣れたダンスと、歌を口ずさむ。もちろん笑顔も忘れない。サビメロが近づいてくると、志保はキラキラマンの背中を押す。キラキラマンを先頭に、出演したキャラクター全員で客席に下りていく。この時には子供たちの興奮も絶頂を迎える。志保は、歌いながら周りに気を配る。興奮した子供たちは何をしでかすか想像がつかない。伸ばされた手をやんわりといなし、飛び出してきた子供を受け止め保護者のもとへ。

事故につながらないように、細心の注意を払う。歌も終盤に近付き、全員でステージに向かう。今日も何事もなかった。そう思った時だった。

視界の端に、客席の階段を駆け下りてくる子供が見えた。志保は並んでいた列から一歩横にずれる。あの勢いだと、足を滑らせそうだ。その予感はすぐに当たった。男児が志保たちのすぐそばで前のめりになった。

志保は表情と歌声を崩さず、転がり落ちそうな子供に向かって思いっきり左腕を伸ばした。

どしん、と重たい衝撃が左腕にのしかかった。かなりの重さに、志保は思わず顔をしかめそうになる。しかし、志保は笑顔を崩さなかった。転げ落ちそうになった男児を抱き留め、腕に抱えた。しかしショーの列から遅れるわけにもいかない。呆然とする男児は今にも泣きだしそうだ。このままではマイクが鳴き声を拾ってしまう。志保は腕に抱えた男児と目を合わせながら、ステージに上った。

――大丈夫だよ。

安心感を伝えるように体をゆらし、歌い続ける。決して目をそらさず、笑顔を崩さない。来てくれた人たち皆が楽しめるように。必死で歌う。周りの着ぐるみたちもそれを察したのか、志保の周りに集まってくる。

マイクが声を拾わないように、唇だけを動かして「だいじょうぶ」と何度も男児に向けて伝える。

大好きなキャラクターに囲まれたおかげか、志保の思いが伝わったのか男児に笑顔が戻った。本来ならばステージに子供を上げるのは許されないことだが、けがをするよりずっといい。男児がぶつかってきた左腕全体に鈍い痛みを感じていたが、志保は最後まで笑顔で歌い切った。男児も最後は一緒になって歌ってくれた。歌が終わり、ステージ下まで来ていた両親に男児を手渡す。小さく手を振った後に、志保はショーの閉幕を告げた。

「今日は来てくれて、ありがとう！」

最後にそう挨拶をすると、大きな拍手が会場を包んだ。

――よかった……無事終わった……

そう思いながら、志保はゆっくり頭を下げる。すると、その時、客席から鋭い視線を感じた。ゆっくり頭を上げて視線の主を探す。観客席中央部の椅子の腰掛に肘をついているスーツ姿の男性。その隣で小さな女児が手を振っている。親子？　とも思ったが何となく違和感があった。客席は薄暗くてはっきりと分からないが、男性はじっと志保を見つめているような気がした。その視線にどんな意味が込められているか分からないまま、ショーは閉幕した。

2　目を奪われる

「仙石支店の支店長が育休に入ると通知が来ました」

「支店長が？　ああ……二人目か。めでたいな」

久住真司《くすみしんじ》副社長宛、と書かれた書類に目を通しているときだった。弟で秘書の潔《きよし》が、シルバーフレームの眼鏡のずれを直しながら報告をしてきた。真司は書類から目をそらさず、返事をする。

　自分よりいくつか年上の仙石支店長の顔を思い出す。確か五年ほど前に一人目の女児が生まれたと視察の際に嬉しそうに話していた。男性が育休を取得するとは、家族思いだなと考えつつ、もう二人目が生まれたのかと月日が経過したことに感傷的になっていた。

「飛ばしましょうか？」

「は？」

「クリスマス商戦の忙しい時期に育休なんて。会社を馬鹿にしているとしか思えません。仙石支店から一番遠い支店……福大路支店に飛ばしましょう」

「待て。潔、何を言っている」

何を、とはどういう意味か、と潔は心底分からないといった様子で首を傾げた。真司は書類を置いて思わず立ち上がった。

「育休は国の制度で認められた制度だ。遠方に飛ばすなんて物騒なことを言うな」

「三か月ですよ？　二日、三日ならまだしも、こんなに長期になると……」

真司は潔が手にしていた書類を奪い取る。急な育休取得には理由があるはずだ。申請書類を確認すると、理由欄に妻の体調不良とある。詳しくは書かれていないが、産後出血が多く、あまり調子が良くないという旨が書かれていた。一人目もまだ幼く、体調不良が加わればまともな世話などできるはずない。

「いいだろう。育休、取ってもらおう」

「は？」

「仙石支店長には先駆けになってもらう。俺たちの会社が何を作っているか分かっているか？」

それを出されると、潔も弱いようだ。

「……子供たちの夢をかなえるための玩具を作っています」

「だろ？」

真司は頷く。

「子供の夢をかなえるには、周囲の大人が健全であることが大切だ。さまざまな境遇の子供がいるのは事実だが、親の仕事が大変で辛い思いをすることは少ないほうがいいだろう？」

　真司はデスクに腰を下ろす。足を組み替え、副社長の威厳を見せるように腕組みをした。

「そうですか。では、にいさ……いえ、副社長。支店長の仕事はどうしますか？　新たに人を派遣しますか？　それとも、支店内で誰か代理を？」

　真司は天を仰ぐ。支店内で代理を立てるのは簡単だが、このクリスマス前の繁忙期で新たな仕事を増やすのは忍びない。本社から代理を送る……いや、この時期の期間限定転勤など拷問に近いだろう。真司は唸《うな》りながら考えを巡らせた。仙石支店には、株式会社ＫＵＳＵＭＩ玩具の生産拠点工場がある。それに加え、自社の主力商品であるキラキラマンの世界を再現したミュージアムもあった。ミュージアムは独立した会社ではあるものの、当然オーナー兼トップスポンサーはＫＵＳＵＭＩだ。

　もちろん、キラキラマンだけではない。自社開発の玩具やほかのキャラクターにも力を入れている。最近では大人をターゲットにした玩具や、昔はやったアニメキャラクターを改めて起用するなど、玩具一つにしても様々な業種が関わっている。進めているプロジェクトの中には、ＡＩを用いた知育玩具もある。その他、『童心に返る』をテーマにした男性向け玩具や、『女性の遊びごころ』をくすぐるような他社との連携事業も進めつつある。このタイミングで生産拠点工場に近い仙石支店に出向くのは、改めて自社の強みを考える絶好の機会だと思った。

「俺が行こう」

「……は？」

「俺が仙石支店に出向しよう」

「な、なななにを」

潔の慌てる姿は珍しい。真司は思わず吹き出してしまった。それが気に入らなかったようで、潔の叫び声が響く。

「ふざけたことを！」

「ふざけてなんていないさ。この時期、俺はパーティーだ忘年会だとそんなことばかりだろう？　それは弟のお前でも問題ない。本社の人間も、支店の人間も忙しい。毎年年明けに、生産工場の視察に行くだろう？　ついでだから十二月初旬ごろに行けばいい。それを少し早めたと思えばいいじゃないか。キラキラマンミュージアムもあるし、その視察も兼ねるさ」

「それならば、ぼくが支店に行きます」

パーティーに出たくないのだろう。必死の顔をする潔の肩を叩く。

「気に入らないことがあるとすぐ左遷しようとする短気なお前はダメだ。そうと決まればさっそく準備しよう」

「兄さん！　どうして！」

なおも食い下がる潔に、真司は鋭い視線を投げた。グッと押し黙った潔を確認して、真司はにっこりと笑った。潔は優秀だが、真司のことを妄信的に崇拝している。どうにも仕事とプライベートを混合しがちで、歴代の彼女を値踏みされたことも記憶に新しい。都度注意はするものの、改善がみられない。

「兄さんの付き合う彼女は、いずれKUSUMI玩具を支えていく人でもありますから」

なんてまっすぐに言われてしまう。しかし、真司にはそんな考えは全くない。父も母もそのほかの親族もそういった考えを持っていない。恋愛は自由であって、誰かの意見に左右されないもの。

（まあ、俺もすぐにでも結婚したい、離れたくないと思える人に出会ったわけでもないからな……）

自分のことは棚にあげつつ、そんな閉鎖的な考えの潔が、真司の悩みの種の一つでもあった。両親が忙しかったので幼い頃からなにかと一緒にいることも多く、致し方ないとは思っている。しかし、潔は真司とは違う少しばかり過激な思考を持っているのが現実だ。

今は自分が上司で潔が秘書と言う立場だが、いずれは二人でこの会社を引っぱっていくことになる。物理的な距離を持つことで、潔が自分のポジションを見直すきっかけになるのではという算段もあった。

「これは決定事項だ。育休は許可する。俺が出向する。工場や支店には俺が連絡しておく。潔は今まで通り本社勤務。いいな」

潔が小さく頷《うなず》いたのを確認して、真司は副社長室を後にした。

——仙石支店か。東京よりは寒いだろうな。

そんなことを考えながら、真司はスマートフォンを取り出した。少し髪が薄くなったと嘆いていた仙石支店店長の番号を探し、迷わずタップする。

「もしもし。本社の久住です。お久しぶりです。育休申請、通りましたよ。それで……」

真司が決定したことを伝えると、電話口で「ええ！　本当ですか⁉」と悲鳴のような声が聞こえた。

このタイミングで生産拠点工場に近い仙石支店に出向くのは、まっとうな選択だ。しかし、どこかわくわくと高揚する気持ちを抑えられない。早めの準備が必要だなと考え、歩き始めた真司の足取りはどこか軽かった。

◇　◇　◇

「やっぱり寒かったたな」

仙石駅に降り立つと、少し湿り気のある風を肌で感じる。海が近いせいかと思ったが、空を見上げるとどんよりとしていて、今にも雨か雪が降ってきそうだ。この湿気はそのせいかと思いなおす。支店長が迎えに来ると言ったが、真司はその申し出を断った。

「青木区、青木町の三丁目まで」

「はい」

幸いタクシーにはすぐに乗ることができた。引継ぎのために自宅訪問させてもらうのはいささか非常識かと思ったが、妻や子供の側にいてもらうために考えた結果だった。もちろん、家に上がる気などない。玄関先で済ませるつもりだった。窓からしばらく世話になる街並みを眺める。今日は平日であるため人通りも少ない。東京とは違う街の雰囲気に、なぜか心が浮きたった。都内で生まれ育ち、大学は海外に留学した。ＫＵＳＵＭＩの名を継ぐにあたって、必死で勉強したのも嘘ではない。幸い真司の両親は家族経営にこだわる人ではなかったため真司の好きにしろと言ってくれた。しかし、真司はＫＵＳＵＭＩ玩具という会社を愛していた。玩具は子供だけではなく、大人にも夢を与えるものだ。真司は大人になっても玩具が好きだった。

特に、子供の頃に大好きだったキラキラマンには思い入れが強い。誰にも等しく優しく、正義感の代名詞とも言われるキラキラマンは真司の憧れのヒーローだった。作者は故人となってしまったが、ミュージアムを作りたい、と願い出たのも真司だった。

「自分のキャラクターたちにそんな力があるだろうか」

作者にそう言われたときの熱弁は今でも思い出すのが恥ずかしいほどだ。

「こんなにも子供に愛され、大人になってからも心の中に存在し続けるのは、キラキラマンしかいません！」

と、叫ぶように熱弁してしまった。真司の勢いに圧倒された作者をやや強引に頷かせる形でミュージアムの建設が決定された。そして、今では全国主要都市に建設されるほど人気のテーマパークとなった。真司はその功績をたたえられ、経営陣の満場一致で副社長に任命された。

　仙石市は、土地費用や立地などの条件が揃っていることから、全国で最初にミュージアムが出来た場所だった。東北初の大きなテーマパークということもあり、いまだに集客数は一定数以上保っている。さらに、現在関東地方の都市部にあるミュージアムがリニューアルのため休園しているということもあり、ここ最近は集客数もうなぎのぼりだった。そんな思い入れのある場所で三か月過ごせることに、真司は運命めいたものを感じていた。その仕事は明日からだったが、今日のうちに一度ミュージアムに足を運ぼう。そう思うくらいには。

「着きましたよ」

「あ、はい」

　タクシーが停まり、会計のためにクレジットカードを取り出すと、運転手がぎょっとした表情を見せた。東京ではあまり見ない反応に、真司は地方に来たのだなと実感した。

「それ、プラチナカードですか？」

「ああ、まあ……」

「すごいですね！　初めて見ました」

　そうですか、と濁した返事をすると、運転手はまじまじとカードを眺めていた。不躾《ぶしつけ》な態度に苦笑いが出るが、これもまた地方の洗礼なのだろうと割り切った。

「ありがとうございました！」

乗車時よりも大きな声で送られた真司は、振り返ることなく支店長の家のインターホンを押した。すぐに扉が開くが、聞こえてきたのは子供の泣き声だった。

「今日は、キラキラマンミュージアムに行くっていったのにいいいいいいい！」

「だから！　明日行くって言っているだろう！」

「昨日もそういっていた～！」

びえーんという大きな声に真司はあっけにとられた。よくよく見ると、五歳ほどの女児がこれでもかと精いっぱい泣いている。必死であやしているのは見覚えのある男性だった。

「あ、副社長……ご、ご足労頂き……」

「いや、挨拶はいい。どうした？」

「パパがまた嘘ついた～！」

女児が会話に割り込んでくる。真司は腰をかがめ、女児と視線を合わせた。

「パパが？　どうして？」

「う、っひ、ママが、」

「うん」

「おき、られない、から……」

「うん」

「ひーちゃんとの、約束、キラキラマン……が」

しゃっくりと、涙と、幼さのためかうまく説明できないようだ。しかし、真司は『ひーちゃん』がキラキラマンミュージアムに行きたがっていることだけは理解できた。どうやら妻の具合が良くないのだろう。支店長一人で新生児、妻、そして長子の『ひーちゃん』の面倒を見るのは難しそうだ。真司は天を仰ぎ、どうしたものかと考える。

「すみません、副社長。すぐに言い聞かせますので」

「いや、それより。ひーちゃん」

「……」

ずず、と鼻をすすり上げた『ひーちゃん』と視線が合う。

「よければおじちゃんとキラキラマンミュージアム、行く？」

きょとん、と『ひーちゃん』が真司を見つめている。その間に慌てた様子の支店長が割り込んできた。

「ふふふふ、副社長！　な、何を！」

「いや、実は俺も今日行こうと思っていたんだ。ひーちゃんさえよければ、おじちゃんと行かないか？」

大人一人より、子供がいたほうが雰囲気になじめるだろう。そんな気持ちもあったが、自分の手掛けたミュージアムに行きたいと泣き叫んでいる子供をとても放っておけなかった。

「……いきたい」

「よし！　じゃあ、行こう。でも、あまり長くはいられないよ？　ショーを見て、おもちゃ屋をのぞいたら、すぐに帰るけどいいかい？」

「うん！　できる！」

たちまち元気を取り戻した『ひーちゃん』の返答に、真司は頬を緩めた。

「副社長……」

「このくらいいいだろう？　支店長も顔に疲れが出ているぞ。少しでも楽にしていろ。副社長命令だな」

ぽん、と肩を叩くと、支店長はうっすらと涙を浮かべて「申し訳ございません」と頭を垂れた。その様子に、子育てとは本当に大変なものだと気づかされる。

「ひーちゃん、お名前は？」

「諸橋響《もろはしひびき》です！」

「おじさんは、久住真司です。真実を司ると書いて、真司。嘘をつかない、がモットーだよ」

「も、っと？」

意味が分からないかと思いつつ、真司は目線を合わせたまま説明を続けた。

「モットーっていうのは、自分の中で努力するって決めたことだ」

「努力……決めたこと」

「そうだよ。ひーちゃんもあるだろう？　がんばりたいこと」

「うんとね、えっとね」

何やら考えるそぶりを見せる。しかし、響は少し恥ずかしそうにもじもじし始めた。

「内緒」

「そっか。気が向いたら教えてほしいな」

分かった！　と元気な返事が返ってくると同時に支度を終えた支店長が戻ってくる。小ぶりなリュックを受け取った響は、嬉しそうにくるりと回る。

「うん。かわいい。かわいい」

真司が少し大げさに褒めると、柔らかそうな頬を緩めて響が笑う。

「副社長。本当にいいのでしょうか？」

「もちろん。何か注意することはあるか？」

「い、いえ、トイレもできますし、道路に飛び出したり、突拍子もない行動をしたりする子でもありません。家族思いの……とても……とてもいい子です」

謙遜《けんそん》のない口調だった。親の口から誉め言葉しか出ない子供が、あれほど泣きわめいていた。よっぽど、キラキラマンミュージアムに行きたかったのだろうか。いや、両親二人が、下の子供に構っていることがストレスゆえの涙だったのかもしれない。本来ならば、父親と行けたらよかったのだろうが、今回は仕方がない。

「響。出かける前に行くところはどこだ？」

「あ！　おトイレ！」

ちょっと待っててね！　とリュックサックを揺らして響が家の中に戻る。

「タクシーを呼んでくる。ひーちゃんが来たら外にいると伝えてくれ」

「わかりました」

　真司は外に出て、スマートフォンをポケットから取り出そうとした。すると、先ほど下車したタクシーが、休憩をしていたのかまだ停車していた。先ほどの不躾な態度は気になったが、ちょうどいいのは確かなので、真司は運転手に声をかけた。

「また乗りたいんだけど、いいですか？」

「っ！　もちろんです！」

「子供が乗ります。タクシーはチャイルドシートの設置が免除されていますが、安全運転でお願いします」

「わかりました」

　そんな会話をしていると、準備を終えた響が出てくる。

「副社長！　入場料と、あと……」

「いや、いい。出産祝いだと思って。もちろん、返礼などもいらないからな」

「そういうわけには！」

「まあ、受け取ってくれ。健康な子供が増えるということは、俺たちの未来にもつながるから。大切に育てて欲しい。未来永劫ＫＵＳＵＭＩ玩具が輝けるようにな」

　真司はそれだけ伝えると、腰をかがめて目を合わせた。相手はもちろん、早く出発したいとうずうずしている響だ。

キラキラマンのリュックに、ママワちゃんのぬいぐるみを抱えており、とても可愛らしい。初対面の子供と出かけるのは心配でもあるが、ミュージアムに行くくらいなら大丈夫だろうと、真司は響の手を取った。小さな手が、真司の指を二本握る。初めての感触だ。柔らかくて、体温の高い、幸せの象徴のようなぬくもり。いつか自分も子供を授かることがあるなら。職権乱用と言われようが、その子のためにおもちゃを作ろう。真司はそう心に決めた。

「副社長、本当にいいのでしょうか？」

「私は構わない。むしろ、君の方こそ保護者が私で心配かな？」

「いえ、そんな……とても、ありがたいというのが本音です」

「大人一人で行くには少し敷居が高い気がしてね。響ちゃんが付き添ってくれるなら助かる」

つないだ手のぬくもりにほんの少し高揚しつつ、そう告げる。

「何かあったら連絡する」

「はい。響、せっかくだから楽しんでおいで」

「うん！　行ってきます！」

楽しんでおいで、か。親ならばつい「迷惑をかけないように」と言いたくなるだろう。子供をきちんと信頼しているから出てくる言葉だろうと、真司は微笑ましく思った。そのまま見送りを受けて、大人一人、子供一人でタクシーに乗り込んだ。

「あのね、今はクリスマスショーをやっているの！　ママワちゃんがみんなのプレゼントを取っちゃうっていうお話でね」

「うんうん」

「そんでね、あのね！　ママワちゃんがね、あのね」

「ゆっくりでいいよ。楽しみだね」

「うん！　あのね、そんでね、ひーはね、ママワちゃんが好きでね……」

どんな話題を持ちかけたらいいのだろうと少し悩んでいたが、響はよっぽど興奮しているのか、先ほどよりも饒舌《じょうぜつ》だ。話したいことがたくさんあるのだろう。幼い響の話は行きつ戻りつするので、真司は理解に努力を要した。

「あ！　見えてきた！　キラキラマンちゃーん！」

仙石市内にある支店長の家からミュージアムまで、約十五分ほどで到着した。タクシーを降りると、響は自ら真司の手を握ってきた。視線を下に向けると、白い歯を見せて笑う響と目が合う。つられるまま笑顔を浮かべて真司はその手を握り返した。

「楽しみだね」

「うん。楽しみだね」

正直な気持ちをそのまま口にし、ミュージアム入り口へと向かった。入口には大きなオブジェがあり、その前で写真を撮っている数組の家族が目に入った。カラフルな空間に、非日常を感じる。

「ひーちゃんも撮りたい？」

「ううん。パパと約束したから。ショーを見て、すぐ帰ってくるって。だから寄り道はしないの」

存外しっかりした受け答えに、真司は自分の方が浮足立っていることに気づかされ、そうか、と呟いた。

「ひーちゃん。二時からちょうどいいショーがあるよ。『キラキラマンのプレゼント奪還大作戦』だって」

「うん！　それがいい！　ひーが見たかったやつだ！」

今度は響に腕を引かれ、真司は戸惑いながら歩き出した。

「あ、おじさん、入場料。よろしくね！」

ちゃっかりした物言いは想定外だったが、かわいらしさが勝った。緩む頬を隠さず、真司は財布を取り出した。

◇　◇　◇

「大変！　みんなのクリスマスプレゼントが！」

ＭＣがそう叫ぶと、子供たちの悲鳴が上がった。平日の昼間のためか、人はまばらだ。

キラキラマンミュージアムの常連である響から「キラキラマンはだいたいここを通るんだ

よ！」と教えてもらい、ステージ中央部の一番いい席に座っていた。同じような考えなのか、通路を挟んで数組の家族が中央席に集まっていた。今はちょうど出演キャラクターであるママワがサンタクロースからクリスマスプレゼントを奪った場面だ。よく計算された舞台だと若干冷めた目で見てしまうのは、自分が大人だからなのだろう。横で「返せ！」と叫ぶ響が席から飛び出さないように注意しつつも、真司はショーを見つめる。

「どうしよう……プレゼントがないと、クリスマスを迎えられない……」

心底悲しんでいるような声が物語を進めていく。こういったショーでは少し鼻にかかるような声が多いような気がしていたが、このMCの声は穏やかで聞き取りやすい。子供たちの興味を引けるかと言ったら微妙だが、真司は不思議と心地よさを感じた。

穏やかな声に集中するため、少しだけ目を閉じる。隣の響は、おとなしく腰を下ろしていた。

「きっと、ママワちゃんもクリスマスを楽しみたかったのよ！　みんなで一緒に歌わない⁉　そうすればきっと楽しい気持ちになって……」

どうやら楽しい雰囲気にママワが釣られるであろうという、天岩戸《あまのいわと》大作戦のようだ。なんという綺麗《きれい》ごとだ。思わず笑いが漏れそうになる。しかし、真司はこれこそが自分が作り上げたい世界だと改めて感じた。皆が心を一つにして楽しむことができ、未来を明るく照らすものを作りたい。その信念を元にここまでがむしゃらにやってきたのだ。それが間違っていないことをこのショーを観て実感する。流れるクリスマスソング。真司は心地よい声色に抱かれて、ふと自分の心を見つめ返していた。

物語が進み、ママワがプレゼントを返し、一件落着。そう思ったときだった。興奮した子供が一人階段を駆け下りている。前を行くキラキラマンに追いつこうと必死なのか、自分では止まれないようだ。自分は通路側に座っていたため手を伸ばすが、勢いのある子供にはもちろん届くはずない。子供の足がついにもつれ、頭から転がり落ちそうになったときだった。

伸びやかな歌声が響き続ける中、女性の細腕が子供を掬《すく》いあげる。この場で唯一自由に動けるステージMCが子供を抱きかかえていた。少しも表情を崩さず、笑顔のままだ。彼女の額に浮かぶ汗が照明の明るさも相まって、きらきらと輝いていた。MCはそのままステージに戻ると、泣きそうな子供をあやしながら歌い続けていた。

「……っ」

子供のピンチに駆けつけ、さっそうと救う。まるでヒーローのような行動に、真司はくぎ付けになっていた。優しい笑顔のまま体を揺らし、全身で子供に安心感を与えている。同時に、この場にいる全員のことを考え、歌い続ける彼女に、真司は目を奪われた。

――綺麗《きれい》だ……。

声にならない音で、自然とそう呟《つぶや》いていた。やがて歌が終わり、抱いていた子供も笑顔になっている。ステージ下に来ていた親に気づいた彼女は、子供を引き渡した。その一連の流れがあまりにスムーズで、これもショーの一環なのではないかと思わせる。

「みんな！　素敵なクリスマスを過ごしてね！」

「おねーさーん！　バイバーイ！」

締めの挨拶と、隣にいる響の声で我に返る。それほどまでに真司は舞台に立つ彼女に見とれていた。幕が下り、ホールが明るくなる。

「ねえ、行こう？」

響に促されるまで、真司はその場から動くことが出来なかった。

自分の憧れたヒーローに、今まさに出会ったのだ。真司は完全に魅了されていた。

3　出会い

　午後のステージショーが終わり、志保は本日の業務を終えた。子供が階段から転げ落ちるというハプニングがあったものの、滞りなくショーは終了した。上層部にインシデント事例として報告したため、何らかの対策が取られるだろう。客席に下りるのをやめたほうがいいという意見も出始めている。子供たちが憧れのキラキラマンと触れ合う機会がなくなってしまうのは心苦しいが、仕方ないのかとも思う。結局は自分の注意喚起が足りなかったせいだろう。自身を責めつつ、志保はコートをはおった。

「……お疲れ様でした」

「お疲れ！　広橋さんのせいじゃないから。気にしないようにね」

　着ぐるみスタッフがそう口にした。志保は曖昧《あいまい》に微笑み、スタッフルームを後にした。

　暗い廊下を歩いていくと、しだいに賑やかな声が近づいてくる。スタッフオンリーの扉を開けると、学校や幼稚園が終わったのだろう。子供たちの姿がだいぶ増えていた。

「ねえ！　ママワちゃんのぬいぐるみが欲しいの！」

　弾んだ声が聞こえ、志保は声の方向に視線を移す。扉の近くにいた女の子が、瞳を輝かせながら父親に話しかけている。志保はその姿をみて、口元をほころばせた。

「大きなぬいぐるみがいいの？」

「うん！　あのね、ひーはお姉さんなの！　実《みのり》ちゃんっていう妹が出来たの！」

「うんうん」

だから、買って帰るの！　と、もじもじする女の子はとても可愛らしい。どうやら妹にぬいぐるみを買って帰りたいらしい。優しい姉だと、口元をほころばせたまま、志保は親子の横を通り過ぎようとした。

「あ！　ショーのお姉さん！」

進もうとしたが何かに引っ張られる。後ろを振り向くと、ママワのぬいぐるみを抱えた女の子と視線が合った。どうやらコートの裾《すそ》を引かれたようだ。

「こんにちは」

ステージに立っているとこういったことは珍しくない。志保はしゃがみ込み、女の子と目線を合わせた。

「ひーちゃん！」

慌てたように呼び掛ける父親に、志保は大丈夫です、と微笑む。志保はひーちゃんと呼ばれた女の子に視線を戻した。

「さっきのショー見てくれたの？」

「うん！　あのね、あのね、とっても、おもしろかったの」

「そう。どうもありがとう」

　皆が憧れるお姉さんを演じる。小さな手を取り、握手をすると、女の子は花が開くような笑顔を見せてくれた。志保は幼かったころの弟妹の姿を思い出す。バイト代でよくおもちゃを買ったり、絵本を読んだり、遊んだりなど一緒に何かをするたびにこうして笑顔を見せてくれたことを。

「お姉さんのお歌、とっても上手だったよ。ひーもあんな風に上手になりたいな」

　まっすぐに向けられる視線に、一瞬だけ怯《ひる》んでしまう。しかし、志保はそれをおくびにも出さず、『みんなのお姉さん』であろうとする。

「わあ、嬉しい！　お姉さんはね、妹や弟にたくさん歌を歌ってあげたから上手になったの。だから、ひーちゃんも、妹さんにたくさん歌を歌ってあげると上手になれるかもね」

　そういうと、女の子は力強く頷く。

「ありがとう、お姉さん」

「うん。こちらこそ。たくさん褒めてくれて嬉しかったよ」

　志保はそこで別れようとしたが、女の子が腕を摑《つか》んできた。

「あのね、ママとパパと実ちゃんにお土産を買って帰りたいの。お姉さん、キラキラマンのこと何でも知っているでしょう？　一緒にお買い物してほしいの」

「……え？」

「ひーちゃん!?」

ママとパパと実ちゃん。目の前の女の子はそう口にした。では、いま女の子の隣にいるのは誰だろう。まさか、誘拐！　そう思った志保は思わず女の子を抱き寄せた。

「えっ⁉　あ、ああ！　違います。誘拐犯なんかじゃありません」

「でも、親じゃないんですよね！」

志保は女の子を隠すように男性の前に立つ。ぱっと見、身なりはとてもいい。誘拐などするように見えないが、このご時世だ。何があってもおかしくない。

「誤解されても仕方ありませんが、私はこの子供の親の上司なんです。名刺もあります」

慌てる男性に疑いの目を向けていると、一枚の紙を差し出される。どうやら名刺のようだが、受け取ったことのない志保はどうしたらよいのか戸惑ってしまう。

「ＫＵＳＵＭＩ玩具、仙石支店支店長……くすみ、……名字が同じなんですね。会社名と」

「ええ、まあ。たまたま同じと言ったらそこまでですが。名前のほうは真実を司ると書いて、しんじ、と読みます。名の通り、嘘はつきません」

「え、は、はあ……」

自信たっぷりな自己紹介に、志保は圧倒されてしまう。支店長と書かれているのだから、それなりの地位についている人なのだろう。しかし、真司からはそれ以上の何かを感じた。それに加え、ＫＵＳＵＭＩ玩具と言えば、このキラキラマンミュージアムのオーナー会社だ。ここに売っているおもちゃもほとんどがＫＵＳＵＭＩ玩具のものだ。その支店長！　と、内容を理解した時には、志保は自分のしでかしたことを理解した。

「も、申し訳ございません！」

「いえいえ、無理もありません。こんなおじさんが自分の子でもない子を連れていたら誰だって驚きますよね……」

志保はすぐさま頭を下げる。怒らせてしまったと慌てたが、男性の口調は穏やかだった。そうして数度頭を下げていると、後ろにいた女の子が、「どうしたの？」とコートの端を摑んでくる。志保はその小さな手に自分の手を重ねて、そっとコートから離した。

「ごめんね。お姉ちゃんちょっとびっくりしちゃったの。驚いた？」

「うん。少し驚いた。だから、お買い物付き合って！」

「ふふ、いいよ」

仕事上がりで今日はこれから予定もない。驚かせてしまったお詫びに、と志保は女の子の申し出を快諾する。そして、隣に立つ真司を仰ぎ見ると、困ったように眉を下げていた。表情を読み切れないでいると、「お願いします」と言ってくれた。志保は小さく頷《うなず》くと、女の子の手を取った。

「ひーちゃんっていうのかな？」

「うん！　本当は響っていうんだよ！　だから、ひーちゃん！」

そう。と、志保は頷く。小さな子と一緒に歩くのは久しぶりだったが、小さくて柔らかい手は思いのほか志保の心を癒してくれる。目当てのおもちゃ屋に向かう頃には、響をすっかり好きになってしまった。

「パパは何にしようかな！　あ、パパはお酒が好きなんだよ」

「そうなんだね～お酒が好きなら何があるかなあ」

「実ちゃんには、ぬいぐるみを買ってあげたいな！」

「響ちゃんの家族は、大好きがいっぱいあって楽しいね」

響が楽しそうに歩く姿は立派なお姉ちゃんだった。その姿を健気に思いつつも、両親と離れている寂しさはないのだろうかと、心配になってしまう。

「ママには何を買うの？」

真司が響に話しかけている。優しいまなざしに、志保は先ほど誘拐犯と間違ってしまった自分を恥じる。

「ママは……最近、ねんねしてることが多いの。だから、元気になるものを……ないかな……」

響の声が急に小さくなってしまった。志保は思わず真司のほうに振り返ると、真司は小さく頷いた。

「そっかあ。響ちゃんは、ママが心配なんだね」

「……うん」

しょんぼりと項垂《うなだ》れる姿は、痛々しい。あまりの落ち込みように、志保は何かいい慰め方がないか思案する。すると、肩をとんとんと叩かれる。振り返ると、真司が腰をかがめて顔を寄せてきた。

「母親の産後の調子があまり良くないようで……それで俺が代わりにここに連れてきたんだ」

志保の耳元で真司が説明をしてくれる。響に聞かせたくない話なのか、距離が近い。先ほどは誘拐犯だと思い、よく見ていなかったが、真司はとんでもなく顔面偏差値の高い男だった。長いまつげに縁取られた二重の目は、響に対して柔らかに細められていて、真司の優しさがにじみ出ていた。筋の通った鼻はほかのパーツとのバランスがいいせいか、浮いて見えない。唇は薄めだが、常に微笑みをたたえて、美しい弧を描いていた。

思わず観察してしまっていることに気づき、志保は真司から距離を取る。顔のいい男性の側は非常に心臓に悪い。心を落ち着けるために数度深呼吸して、悩む響に提案を持ちかけた。

「そうしたら、ママには体が温まるものがいいのかな」

「あたたまる？」

響が首をかしげる。志保は小さく頷き、しゃがみ込んで響と視線を合わせた。

「ママは、赤ちゃんを産むのに、うんと大変な思いをしたんだよ」

「知ってる。パパが言ってた」

「それは、実ちゃんだけじゃなくて、響ちゃんのときも同じ」

「……そうなの？」

うん、と志保は微笑む。

「それほど大変な思いをしてでも、響ちゃんと実ちゃんに会いたかったんだね」

「会いたかったの……？」

「そう。だから、ママのことを大切にね。あ！　もちろんパパもだよ！」

「わかった！」

元気を取り戻した響に、志保は先ほど思いついたことを口にする。

「ママにはひざ掛けなんてどうかな。これからもっと寒くなるし、ミルクやおっぱいをあげる時に響ちゃんが買ってきてくれたひざ掛けがあったら暖かいと思うの！」

志保の提案に、響は一瞬きょとんとした顔を見せたが、すぐに嬉しそうに笑った。頭を大きく縦に振る動作が、大げさで微笑ましい。話が決まったところで、待ちきれないように響が駆け出す。危ないと追いかけようとしたとき、隣から「すごいな」と呟く声が聞こえた。

「君は、彼女のヒーローにもなったんだね」

「……ヒーロー？　ですか？」

「さっきのショー見ていたよ。颯爽《さっそう》と子供を助けて、笑顔で歌い続けたあなたは、子供たちのヒーローだった。今も彼女の言葉をよく聞き、考えを尊重し……愛に溢れていた」

一瞬何を言われたのか理解できなかった。尊重、ヒーロー、愛……自分には程遠い言葉が並んでいた。思考は停止状態になり、響を追いかけようとした足が止まってしまった。

「ひーちゃん、待ちなさい。どこに売っているか分かっているの？」

「あ、そうだった！　おねえさーん、どこに売ってるのかなあ？」

固まってしまった志保を置いて、二人が先を行く。

「おねえさん？」

ととと、と響が駆け寄ってくる。態度がおかしいことに気づいたのだろう。志保は慌てて表情を繕う。

「ごめんね。ひざ掛けはね、ママワちゃんのショップにかわいいのがあるよ。一緒に探そうね」

ショーで作り慣れた笑顔を見せると、響が志保の手を取る。行こう、と促され、やっと足が前に出た。一歩、二歩と進むうちに固まっていた心が解れ、何かが溢れだす。

──私なんて……愛も、尊重も……何もない。キラキラマンみたいなヒーローなんかじゃないのに。

「どんなのかな！　楽しみだな！」

「そうだね」

心の中に吹いた嵐に飛ばされそうになった志保を、小さな手が繋ぎ留めてくれた。

前から感じた視線に応える勇気はなかった。

◇

◇

◇

大きな袋を手にする響に手を貸そうとしたが、きっぱりと断られてしまった。支払おうとする真司を押しのけ、ポシェットの中にあった財布の中身を豪快にレジカウンターにばらまいた響に誰もが目を丸くした。結局はお金が足らず、真司が残りを支払ったのだが。

そんな風にして手に入れたプレゼントを、響は今一人で抱えている。時折袋を引きずりそうになるが、そのたびにはっとした顔を見せて、また持ち上げるしぐさを何度も繰り返していた。

「ねえ、ひーちゃん。持とうか？」

「ダメ！　ひーちゃんが買ったんだから、ひーちゃんが持たないと意味がないでしょう？」

そうはいっても、と志保はハラハラしていた。ひざ掛けだけならまだしも、袋の中には父親のために買ったというビアグラスも入っている。割れ物ということで厳重に梱包してあるが、危険なことには変わりない。幼児が持つには少々重い荷物を、彼女は今必死で持ち上げている。ステンレス製のグラスもあったため、そちらにしたらどうかと聞いたが、ガラス特有の彫りの美しさと輝きを前にして、志保たちの言葉は届かなかった。

「じゃあ、ひーちゃん、俺と半分こしよう。それならどうだい？」

志保が困り果てていると、横から真司の助けが入った。響も重たい荷物に心が折れかけていたのか、真司の申し出に考え込む素振りを見せる。

「もし割れちゃったら困るだろう？」

「うん……」

「じゃ、半分こ。重たい荷物も半分こ。お土産を渡す嬉しさは、いっぱいになるね」

優しく、穏やかだが、諭すような声色だ。愛に溢れ、相手を尊重する物言いに、志保は真司の方がよっぽどヒーローのようだと思った。ありきたりな対応しかできない自分を恥じる。気分がまた少し沈んだところで、タクシー乗り場についた。運よく止まっていた一台のタクシーに向かって真司が手をあげると、すぐにドアが開いた。

「おねえさん、どうもありがとうございました」

「いいえ。どういたしまして。また遊びに来てね」

「うん！　パパとママと実ちゃんとみんなで来るね！」

無邪気にそう言う響に、志保は曖昧に微笑む。きっと家族みんなで来る日は父親が休みの日だろう。ということは必然的に土日、祝日に限定される。その日は自分はステージに立っていないだろう。そんないじけた考えが浮かぶ。しかし、その思いは口にせず、志保は響に手を振った。

「ひーちゃん、先に乗ってて」

「うん。わかった」

真司に促された響は、素直にタクシーに乗り込んだ。間にいた子供がいなくなると、志保は急に心細くなる。先ほどの言葉に自分はまだ戸惑っていた。少し目線を下に落とし、真司の顔をまっすぐ見ないようにする。

「付き合っていただきありがとうございました。子供を見るということは簡単ではないんですね」

「いえ、こちらこそ楽しませてもらいました……響ちゃんは利発で優しい子ですから、手がかからない方だと思いますよ」

一緒にいて驚いたが、響は珍しく理性的だ。言葉にすると、真司は嬉しそうに頭を掻いた。

「いい子で助かりました。それでも疲れたっていうのが正直なところですね。子供一人くらい何とかなるって思ってたんですが」

「そうですね……目も離せないし、本当にちょっとしたことで怪我をしたり……」

志保はそこまで口にしたが、最後の方はしぼむような声になってしまった。自分でも声が小さくなった理由を理解していた。

『何をやってるの！』

頭の中で高い声がそう語りかけてきた。その言葉は呪いのように、志保を縛り付ける。呪いの言葉は、一瞬で志保を過去に戻してしまう。志保の足元でうずくまる幼児。部屋中に響き渡る叫び声、泣き声。

私が、自分勝手だったから。

視界がぼやけ、真っ暗闇に放り出されたような感覚に陥る。足元がぐにゃぐにゃと揺れ、自分だけ天と地がひっくり返ったようにも思えた。

「どうしました？」

ぼやけた視界に急に影のようなものが入り込んできた。それを認識したからか、足が一歩後ろに下がった。

「……あ、すみ、ません」

揺れていた思考が現実に戻された。志保の体を支えようか迷っていたらしい真司は少し怪しむように目を細めた。大丈夫かと聞かれ、志保は慌てて取り繕う。真司の目は相変わらず細められたままだが、志保は気づかないふりをした。

「……名前、教えてもらってもいい？」

「名前……？　ですか？」

うまくやり過ごせたと思っていたらそんなことを聞かれる。思い返せば自分は名乗っていなかった。自分は名刺など持ち合わせていないため、気恥ずかしいが自分から名乗るしかない。

「広橋志保です。ここのミュージアムで働いています。もちろん怪しいものではございません」

気恥ずかしさを隠すようにそう口にする。すると、真司が小さく吹き出した。もう二度と会うことはないだろうが、不思議と心地いい時間だったのは確かだ。最後に気分が沈んでしまった自分を反省しながらゆっくりと微笑む。

「志保さん」

まさか、名前を呼ばれると思っていなかったため、志保は目を丸くした。真司は長い足で一歩詰め寄ってくると、志保の手をとった。

「また、会いたいと思ったのですが」

「……は、い？」

ナンパ⁉　とっさにそう思った志保は、カッと頭に血が上り、取られた手を払いのけた。響への優しさに好感を抱いていただけに、許せない気持ちだった。

「ナンパなら、お断りです」

「ああ、違う……今日は何だか誤解されてばかりだ」

真司は手を振って否定したが、今度は志保が目を細めて怪しむ番だった。

「ナンパだと思われても仕方ないが、君と……ただもう少し話をしてみたいと思ったんだ」

「……そういったことはすべてお断りさせていただいております」

こういった仕事をしていると、声をかけられることも少なくない。家族連れがほとんどだが、中には子供を使って声をかけてくる男性もいる。真司もそうなのであれば、しっかりと断る必要があった。

「うん、まあ、ここで働いているならまた会う機会もあるだろうから、今日のところは無理を言わないよ」

志保の態度が固くなったのがわかったのだろう。真司は思ったよりあっさり引き下がった。また会う機会などないだろう。たとえこのミュージアムのオーナー会社だとしても、支店長が訪れることなど一般社員の志保には関係ないことだ。そう結論づけた志保は、肩の力を抜く。そして、ナンパ男と認定した真司の横をすり抜け、タクシーのドアに近づいた。

「響ちゃん、また遊びに来てね」

「うん……お姉ちゃん、またね……」

心なしか元気がない。どうしてだろうかと思っていると、耳たぶをやたらと触っている。

「久住さん」

「はい、何でしょう」

声をかけられると思っていなかったのだろう。少しばかり大きな声だった。しかし、真司にはこの小さな少女を家まで送り届ける義務があるのだ。しっかり伝えておかねばならない。

「響ちゃん、もしかしたら眠いのかも。もし、車の中でぐずったら耳たぶを優しく触ってあげるといいかもしれません」

「耳たぶ、ですか？」

「そう。このくらいの子って眠いと耳を触る癖《くせ》があることがあるの。そこを触って少し優しく背中をとんとん叩いてあげるとすぐ寝ちゃうかも」

初めて知ったと口にする真司に、志保は苦笑いをしてしまう。それもそうだろう。独身の男性が小さな子供と関わる機会などほとんどない。少し考えるそぶりを見せた後、真司は顔をあげてまっすぐ志保を見つめてきた。

「どうやったらいいか教えてもらえます？」

そう言われて、志保は少し困ってしまった。どうやって？　と首をかしげる。口で説明してもうまくいかなそうだ。

「少しかがんでもらえますか？」

百聞は一見にしかずだ。疑いもなくかがんだ真司の耳元に手を添える。

「少し引っ張るように、耳たぶのうらを親指の腹で撫でるんです。引っ張りすぎると痛いから、優しくね。線を引くように……ゆっくり」

説明と共に、真司の耳たぶを撫でる。自分の弟妹たちも、こうして撫でてあげるとすぐに眠りについた。志保はただそれを思い出し、真司に指導をしているつもりだった。

「これは……たしかに……心地いいのは、まちがい、ありませんね」

「でしょう？」

くすくすと笑いながら志保は真司の耳たぶを撫でていたが、はたと我に返る。これは今日会ったばかりの男性にしていいことなのだろうか。色恋沙汰から遠ざかっていた志保はそのことに気づくのが遅れた。目の前の真司の表情を見れば、自分の行動が間違っていたのは一目瞭然《りょうぜん》だ。真司は頬を染め、視線をあちこちにさまよわせていた。

「ご、ごめん、なさい！」

「いや、いい。教えてくれていたんだから。それじゃ、ひーちゃんももう限界だろうから、俺はそろそろ」

勢いよく体を起こした真司は慌てた様子でタクシーに乗りこんだ。志保はその背中を見送る。そのまま出発するかと思いきや、後部座席のウインドウが開く。

「あまり、男を煽《あお》らないように」

「……え？」

伸びてきた手が志保の耳を捉える。先ほど教えたように耳たぶの裏を撫でられると、ぬるい刺激が全身を駆け巡った。

「よく覚えておいて」

それだけ言い残して、ウインドウが閉まった。呆然と立ち尽くして、志保は触られた耳たぶに指を添える。子供のように眠くなるどころではない。全身の血液が沸騰して、逆に目が冴えてしまうほどだ。体の奥から熱くなり、コートがいらないと感じる。

少し風に当たらなければ、冷静な考えが取り戻せそうにない。そう思った志保は、帰宅するため駅に向かって歩き始めた。今日はもう一つの『仕事』が休みの日だ。一週間ぶりにゆっくりできると、志保は安堵《あんど》のため息を零《こぼ》した。

4　突然の再会。運命のような

入荷や出荷に関する書類のチェック、営業成果についての報告書の確認、絶え間なくかかってくる電話への対応、新人指導の経過確認。やることは尽きず、たくさんあった。仙石支店に赴任してから、十日ほど経つ。今まで副社長として行っていた開発や視察、資金調達などの大きな仕事とは違い、支店では細々した仕事が多い。しかし、これらの仕事があってこそ日々の売り上げがあり、本社の仕事を動かすことができるのだと実感した。しかし、とにかく紙が多い。余分な確認も多い。本社との違いに少しだけうんざりしたのは内緒だ。

——ほかの支所はどうなんだろうか。一度自分の目で見てみる必要があるな。

営業所の多いＫＵＳＵＭＩだが、誰がどこで働いていても同じように仕事ができるように目を配っていたはずだ。しかし、実際地方と本社の違いを目の当たりにすると考えも変わってくる。

支店長である今の自分と、副社長である自分がするべきことを頭の中で整理する。タスクに優先順位を付けたところで、小さく息を吐いた。

時計を見ると、十八時を指すところだ。自分が残っていると、他の社員がいつまでも帰れないことを知っている真司はパソコンの電源を落とす。正直なところ、仕事は山ほど残っている。しかし、効率よく業務をこなすには、健康がなにより大切だと真司は知っていた。上司が率先して早く帰ることはこのご時世必要なことだ。

仙石支店の社員には自分が副社長だということは伝えていない。伝えると業務に差し障りが出ると潔に言われたからだ。本社から来た新参者ということで最初はみなよそよそしかったが、歓迎会の後は、打ち解けられたような気もしていた。

「お先に。みんなも早めに帰るように」

「お疲れ様でした」

挨拶を背に受け、真司は会社を後にする。仙石支店は町中にあり、ビルから一歩外に出れば人でごった返していた。政令指定都市だけあって、都内にも負けない人の多さだ。週の半ばなので、歩く人のほとんどが帰路についているのだろう。そう考え、真司も仮住まいとしているホテルに向かおうとした。歩いて十分ほどのホテルのルームサービスはまずくはないのだが、すっかり飽きがきていた。

（焼き魚と煮物のような家庭的な飯が食べたい。少し酒も飲みたいな）

飲み屋ではなく、定食屋の雰囲気がいい。少しでいいから誰かと仕事以外の話もしたい。知らない土地に一人なせいか人との触れ合いに飢えているのかもしれない。そんな店を土地勘のない場所で探すのは難しい。しかし、どうしても諦めきれず立ち止まって、スマートフォンを起動する。飲食店を点数で評価するアプリで周辺検索をするが、それらしきものは見当たらなかった。真司はネットの情報を当てにするのは止め、自分の足で探すことにした。

「よし」

他の社員に聞いてくれればよかったと思ったが、支社に引き返すことはしなかった。今真司が戻れば、きっと今頃帰宅の準備を始めている社員たちの邪魔になってしまう。スマートフォンをしまい、店を探して歩き始める。子供の頃にした探検ごっこのような気分を味わえそうだった。あの時は近所を探検するだけだったが、大人になった自分はどこへだって行けるのだ。仕事と違い、失敗しても誰にも咎められない。そう思えば、心なしか足取りが軽くなった。

ビル街の中にある定食屋は、昼は営業はしていても、夜までやっているところは少ないのだろうか。のれんの下ろされた蕎麦《そば》屋を見つけて、そんな分析をする。オフィス街よりも、飲み屋通りに向かったほうが見つかる確率は高そうだ。そう思い、今度は地図アプリを起動する。幸い、徒歩でも問題なくたどり着けそうだ。時間はたっぷりある。クリスマスが近いので街はイルミネーションで彩られている明るい通りをゆっくりと歩く。

都内とはまた違う景色に、真司は遠くまで来たことを改めて感じた。せわしなく過ごす日々の中で、違う土地に来たことを味わう時間などなかったと気づく。

（そういえば……）

こちらに来てすぐに、キラキラマンミュージアムで出会った女性を思い出す。真面目を絵にかいたような人だったが、ステージでは誰よりも輝いていた。ヒーローのようだと口にしたとき、喜んでくれるかと思ったが、笑顔に差した影を見つけてしまったような気がした。ほんの一瞬だったが、その表情が真司の頭から離れない。ぼんやりとしているときなどにふと思い出す。もう一度会いたいと言ったが、ナンパだと誤解されてしまった。そんなつもりはなく、ただ彼女の表情に落ちた影の原因を知りたい。あわよくば、ステージで見せてくれたような笑顔を自分だけに見せてほしいと思ったのだ。

――つまりそれは、ナンパと思われても仕方ないよな。

たどり着いた答えに、自分自身が呆れてしまう。手を口で覆い、大きくため息をつく。勢いでそう口にしたことは全て本音だが、タイミングが悪かった。ステージで輝く彼女は、本当に美しかったのだ。脳裏に鮮明に蘇る姿に、また会いたいと願ってしまう。

再び大きなため息が出た。真司はらしくない自分にどうした、と語りかける。会いに行こう、そう思っているうちに時間だけが過ぎていく。ナンパだと思われたことはまだしも、調子に乗ってキザったらしいことを口にしてしまった。でも、あれはどう考えても志保が悪い。響のためとはいえ、わざわざ触る必要などなかっただろうに。無意識の挑発に乗ってしまった自分も同罪と言われればそれまでだが。

自分がこの街にいられる時間は限られている。尻込みしている暇はない。そう思うが、耳たぶに触れられ、自分も触れた感触が真司の足を踏みとどまらせていた。

——重症だ。

恋愛初心者かと自分を自嘲する。考えを巡らせながら、道を歩く。いっそ今から会いに行こうか。そんな結論にたどり着いた時だった。

見たことのあるコートと、明るすぎない茶色の髪色。まっすぐ背筋を伸ばして歩く姿には見覚えしかなかった。真司は思わず追いかける。遠くにいたが、絶対に彼女だという確信があった。

帰宅時間ということも相まって、人が多い。真司はその隙間を縫うように走る。しかし、相手も早足なのか、中々距離が縮まらない。焦りを募らせながら走っていると、どん、と真正面から何かがぶつかった。

「すみません！」

人だと気づき、真司は真っ先に謝罪する。スマートフォンを見ながら歩いていたようだ。相手方の荷物が落ち、ばらばらになってしまった。真司は走るのをやめて、ぶつかった小柄な女性の荷物を拾い始める。

「お怪我《けが》がありませんか？」

「……あ、だい、じょうぶです」

落ちたものを拾い、女性に渡す。相手もきちんと前を見ていなかったとはいえ、真司も前に気を取られていて、注意を怠っていた。そのことを謝罪すると、相手の女性は手を振った。

「こちらこそ。お急ぎだったんじゃないですか？」

その指摘に真司ははっと気づく。立ち上がり、進んでいた方向を眺めるが、目当ての人物はいなくなっていた。

「……いえ、どうやら間に合わなかったようで」

明らかに落胆した声になってしまった。けれども、会ってどうするつもりだったのかを考える余裕もなく追いかけてしまったことにいまさら気づく。小さく息を吐いて、挫けた気持ちを整える。

「そんな。すみません……でも、もし、予定がなくなったのなら……」

期待したまなざしと含みのある言葉に真司は思わず眉をひそめた。いわゆる逆ナンだろう。真司は、思わず不快感を態度に出しそうになったが、グッとこらえた。あのときの志保も自分と同じ気持ちだったのではと思うと、またため息が出そうだった。

「いえ。時間がありませんので」

「……そうですか」

女性はしゅんとした様子を見せたが、真司はもう一度謝罪をして、再び人ごみに向かって歩み始めた。

——会えそうだと思ったが縁がなかったということか。

どこにも見えなくなったコートと茶色の髪を思い出して、ぼんやりと物思いにふける。

先ほどまで感じていた空腹感は消え去り、残ったのは虚無感だけだった。ホテルに戻り、適当に何かルームサービスを頼もう。そう思って踵《きびす》をかえそうとしたときだった。

視界の端に、うす暗い路地が目に入る。その路地の先に、オレンジ色の明かりが灯っているのが見えた。たった今、のれんをあげましたと言わんばかりに、白い布がはたはたと風に揺れている。

雰囲気からして、一見さんお断りというわけでもなさそうだ。路地に一歩入ると、表通りの喧騒《けんそう》は消えてなくなり、しん、と静かな空気に包まれた。思わず心配になって後ろを振り返ると、路地の外では相変わらずたくさんの人が歩いている。

――異世界に紛れ込んだようだ。

誰もいないせいか、真司の革靴の音がやけに響く。少し歩くとすぐにのれんの前に辿りついた。それほど規模の大きそうな店ではなさそうだ。少しくすんだ色の格子戸からは熟成された木の香りがする。

『ひさえ』と、のれんの右端に小さく書いてあり、探求心がくすぐられる。店の名前だろうと予測をつけ、ポケットにあるスマートフォンで検索しようとして思いとどまる。

――いや、野暮だな。

真司は自分の直感を信じることにして格子戸に手をかけた。

からからと扉を引き、のれんをくぐる。オレンジの光に包まれ、次いで温かな空気が真司を迎える。外にいるとわからないが、案外体が冷えていたことに気づかされた。

「いらっしゃいませ」

店主の声に後押しされ、真司は店の中に足を踏み入れ、ぐるりと店内を見回した。男性の店主一人が切り盛りしているのか、店員は見当たらない。カウンターの席が五つとテーブル席が三つ。思った通りの小さな店で、客は真司一人だった。

「おひとりですか？」

「あ、ええ……大丈夫ですか？」

「どうぞ、どうぞ。うちの店は初めてですね。カウンターでよろしいですか？」

外の格子戸と同じく、熟成した木の香りがするカウンターは綺麗に拭かれており、清潔感に溢れた店内だった。コートを脱いで、座席にかける。そのまま席に着くとやっと一息つけた。

「何にいたします？」

「そうだな……」

良い店だ。そう思った瞬間、志保を見失った虚しさで忘れていた空腹感が湧き上がってくる。腹が満たされねば何もできないと思い、真司はもう一度店内を見回す。

壁にホワイトボードがかかっており、きっちりとした字体でお勧めが書かれていた。

——地魚の煮つけ、秋野菜の天ぷら、それと親子丼……刺身の盛り合わせもあるのか。

メニューから察するに、どうやら定食屋と居酒屋の間のような店のようだ。

「少し飲みたい気分もありつつ、飯も食べたいんですが……」

「なるほど。では少し酒に合うようなものをお出しして、締めに茶漬けか、おにぎりなんてどうでしょう」

「いいですね……しっかり食べたいので、おにぎりで」

「飲み物はどうしましょう」

「まずはビールで。その後は日本酒にしようかな」

かしこまりましたと言って、店主は調理にとりかかった。『ひさえ』という店舗名だったが、それらしき女性は見当たらない。会話が弾んできたところで聞いてみよう。そう思ったときだった。

「すみません！　遅くなりました！」

「ああ。志保ちゃん。よかった。お客さんが来てるんだ。おしぼりと、お通しを。あとビールね」

ぱたぱたと慌ただしい足音と声が店の奥から聞こえてくる。

真司はその声に、聞き覚えがあった。勢いよく振り返ると、真司のどうしようもない後悔と虚無感の原因である女性の姿があった。ミュージアムの制服でも先ほどのコート姿でもなく、えんじ色の着物をまとっている。真司はその美しい立ち姿に見惚れた。茶色の髪はしっかりまとめ上げられていた。おくれ毛ひとつなく、子供相手のときとは違うしっとりとした雰囲気を漂わせている。会いたいと思っていた相手が今、目の前にいる。真司はじっと志保を見つめることしかできなかった。

「いらっしゃいませ。騒がしくてすみ、ま……」

どうやら志保も気づいたようだ。驚きに目を丸くし、言葉が途中で途切れる。しかし、その後すぐに、頬を染め、恥ずかしがるような表情を見せた。おやっと思った真司は記憶をたどる。思い出したのは、志保に耳たぶを触られたこと。真司は無意識にその場所を触っていた。

「二人は知り合いなのかな?」

店主の言葉は、助け船のように聞こえた。真司は耳たぶを触っていた手を離す。「知り合いというか……」と口ごもった。

「……前に、ちょっと、お話ししたことがあって」

指を組み、少し頬を赤らめた志保がそう答える。

「そうか、そうか」

店主ののんびりした相槌で、話題が終わる。真司がほっと息を吐くと、隣からおしぼりとビールが差し出された。お礼を言って受け取った真司は黄金色の液体を一気に流し込む。数回喉を鳴らした後、小さく息を吐く。一日働いた疲労を癒してくれるのどごしだった。人心地がついた気分で少し離れた志保に声をかける。

「久しぶり。ここでも働いているの?」

「……はい。平日だけですけど……あの、おひさし、ぶりです」

多少ぎこちなかったが、志保の顔に嫌悪は浮かんでいなかった。ナンパ男として認識されていないことにホッとしつつ、あることを思い出す。

「そういえば」

真司はスマートフォンを取り出し、画面をタップする。そして目的の画面を開くと、志保に向かって手招きした。

「これ、送られてきたんだけど」

「何ですか？」

画面を覗いた志保との近い距離にどきりとした。シャンプーの香りだろうか、ほんのり甘い香りが漂ってくる。

「響ちゃん！」

「そう。ミュージアムに行ったその日に送られてきたんだ」

画像には小さな赤子と先日購入したママワのぬいぐるみ。そして、にこにこ笑顔の響が写っていた。休暇中の支店長から送られてきた写真だった。もし志保に会うことがあったら見せようと思っていたのだ。

「……可愛いですね、赤ちゃん」

真司は頷く。

「この世の幸せをぎゅっと詰め込んだような写真だよな」

この写真を見た時に、抱いた感想を口にすると、隣で志保が驚いたような顔を見せた。

「どうかしたか？」

「いえ、男の人にしては珍しい感想だなって……」

そうか？　と真司は首をひねる。自身の会社のコンセプトが『未来につながる仕事を』だ。未来を担うであろう子供を大切にするのは真司にとって当たり前だった。

「俺もいつかこんな写真を撮ってみたいなと思ったよ」

「そう、ですね……私、弟妹がたくさんいるんですが、その子たちも可愛かったですよ」

弟妹がたくさんいる。新たな情報を手に入れ、心の中でガッツポーズをとっていた真司の目の前に皿が差し出された。

「はい、ポテトサラダ」

そう言って出されたものは、真司が知っているポテトサラダとはずいぶん違っていた。つぶしたじゃがいもと、きゅうり、ニンジン、ハム……といった材料は一切ない。ごろりと大きめのジャガイモに白いソースがからめてあり、ところどころに緑色のものが混じっていた。少し焦げ目のついたピンク色のものがふりかけてあり、どんな味か全く想像できない。

「……ポテトサラダ？」

「そう。うちのは特別だよ。食べてみて」

「いただきます」

促されるまま箸《はし》を手に取り、大きな塊《かたまり》を口に含む。じゃがいもが口の中で崩れ、味が広がった瞬間、真司は驚きに目を見開いた。

「っ、うまい」

陳腐な感想だったがそれしか言いようがなかった。ガーリックの香りと、爽やかな酸味とハーブの香り。カリカリとした食感の後には香ばしい肉の風味が口の中いっぱいに広がった。何が入っているのかさっぱりわからないが、とにかく箸《はし》が進み、ビールによく合うポテトサラダだった。夢中で食べ、合間にビールを挟む。あっという間に両方なくなってしまい、真司はほお、と感嘆のため息をついた。

「うちのポテトサラダは人気なんですよ。とある理由で、平日しか出ないんです」

「人気になるわけだ。とても美味しかったです」

カウンターの店主が嬉しそうに笑っている。それよりも、なぜか志保のほうが嬉しそうに笑っている。二人の笑顔を見ていると、真司の心の中がほんのりと温かくなった。気まぐれに飛び込んだ店だったが、志保にも会え、料理もうまい。自分の勘を信じて当たりだった。真司は日本酒のメニューを見ながら自分の探求心を称えた。

「次は日本酒をもらおうかな……おすすめはありますか」

「でしたら、萬寿姫のひやおろしがありますよ」

店主の提案に、真司は本当にこの店を選んでよかったと心底思った。秋も深まり、もうすぐ冬に差し掛かろうという季節。こっくりと丸みを帯びた味の日本酒は今の時期にぴったりだろう。勧められた酒を注文し、次の料理を待つ。志保が持ってきたとっくりと、淡いブルーの猪口《ちょこ》を受け取る。手酌をしようとしたら、店主が手を伸ばしてとっくりを持ち上げた。

「お客さんとうちの出会いってことで」

「ありがとうございます」

店主の気遣いに感謝し、猪口を持ち上げる。透明な液体が注がれるのをじっと見つめる。そのまま、くい、と傾けて喉に流し込む。喉がかっと熱くなるようなのどごしのあとに、ふうわり熟成された香りが鼻に抜けていった。うまい、と思わず漏らす。舌に残るもったりとした後味を楽しんでいると、金目鯛の塩焼きと秋ナスの煮びたしが目の間に置かれた。真司が望んでいた料理が言わずとも次々と出てくる。

――今日は、いい日だ。

一日の終わりにそう思える日などめったにない。真司は自分が探し当てた幸福を噛《か》みしめながら、料理に箸を伸ばした。どれを食べても『うまい』という感想しか出てこない。酒も進み、一人で飲むのがもったいない。

ぱらぱらと客がやってくるが、穏やかな時間を邪魔されなかった。

東京が恋しいわけでもない。ましてやホームシックなどと言う年でもない。しかし、知り合いもほとんどいない土地で過ごす寂しさを少しだけ感じていたため、この出会いは真司の気持ちを安らかにしてくれた。視界の端で忙しそうにする志保を時々見つめながら料理と向き合う時間はこちらにきて初めてと言っていい落ち着く時間だった。

「志保ちゃん狙いですか？」

「え？」

箸に挟んでいた焼き魚がぽろりと落ちる。動揺していることを悟られないように、真司はゆっくり箸を置いた。

「多いんですよ。あの子、とてもいい子ですから」

「……」

思い違いでなければけん制されている。そんな気にさせる言い方だった。まるで父親のようだと真司は口元に笑みを浮かべる。

やられっぱなしは性に合わない。真司はその笑みのまままっすぐに店主を見つめた。

「ライバルは多そうですね。でも今日は料理を楽しむことにします」

真司の返答に、店主がほんの一瞬だけ怯んだ表情を見せた。しかし、そこは客商売。すぐに穏やかな笑顔を見せて、次の皿を出してきた。

「気に入ってもらえましたか？」

「ええ、もちろん」

ほこほこと湯気の立ったおにぎりを受け取り、真司は負けじと笑顔を濃くした。

最後に出てきた地元特産のみそとはちみつを混ぜたたれをたっぷり塗った焼きおにぎりまでしっかり平らげた。あまりのうまさに、無心でむさぼってしまった。

思ったより酒も進んでしまったが、気分のいい酔い方だ。このままシャワーを浴びて寝て、明日もしっかり働こう。そう思える充足感だった。

ちらりと時計をみると、二十一時だった。思ったより長居してしまった。どうやら店も閉店するらしく、店主も志保も片付けに入っている。真司の想像した通り、居酒屋と定食屋の間なのか、遅くまで営業していないようだった。客足もそこそこあるが、定食を食べて帰るといったパターンが多いように見えた。もったいないと思いつつも、営業形態に口を出すつもりもない。うまい酒が飲め、うまい飯が食える。真司にとってはそれで十分だった。

「また来ます」

「はい。お待ちしています」

格子戸を開いて、そう口にする。接客をしていた志保がちらりとこちらに視線を向けたため、「ま、た、ね」と唇を動かして再来を宣言した。白い肌に鮮やかな赤が添えられたところで、真司は店を後にした。

また来ます、の言葉通り、真司は三日に一回は『ひさえ』に足を運んだ。どうやら志保は平日だけの出勤のようで、土日は名前の由来となった『ひさえ』さんが店に立っていた。

「今日は志保ちゃんじゃなくてがっかりしたでしょう?」

と面と向かって言われてしまうくらいに自分の好意はバレバレのようだ。しかし、それを差し引いても、通ってしまうほどに料理がうまい。しばらく通うことで店になじみ、店主とは客がいないときには酒を分け合うほどの仲にもなった。

しかし、真司にとって一番嬉しかったのはそれではない。

「……このポテトサラダ、志保さんが作ってたの？」

今日も今日とてお通しとして出てきたポテトサラダに舌つづみを打っていると、店主が種明かしをしてくれる。

「そう。きっかけはなんだったかな……作り方の話になって、子供用と大人用で作り分けてたって言うから食べてみたいって言ったのが始まりだった気がするなあ」

どの料理も美味しいと思っていたが、実のところ真司はこのポテトサラダが一番好きだった。

「実は、このポテトサラダが食べたくてここに来てました」

「だって。聞いた？　志保ちゃん」

「え？」

裏の厨房で何かをしていた志保がひょこりと顔を出す。こんばんは、と口にすると以前とは違い明るい笑顔で迎えられ真司は眩《まぶ》しさに目を細めた。

「これ、志保さんが作ってたんだね」

「え！　あ、な、い、言っちゃったんですか！」

珍しく慌てた様子に、真司は思わず吹き出す。秘密にしていたかったことがありありと伝わってくる。

「こんなにおいしいのに。もっと早く知りたかった」

「この店のトップシークレットだからね。みんな志保ちゃんの手料理を食べたいだろう？」

「そんなことないっていつも言ってるじゃないですか……」

恥ずかしそうにお盆で顔を隠す志保は、ミュージアムで見せた姿とも、他の客がいる時に見る姿とも違う。心を許してもらっているような気がして、真司は三人のやり取りを楽しんでいた。

「少し酸味があるけど、何が入ってるの？」

「ああ、えっと。お酒にも合うようにサワークリームとマヨネーズ、ガーリックパウダーを混ぜたものをソースにしてるんです。茶色いのはベーコンをカリッと焼いて、乾燥バジルと和えるだけのお手軽なものなんですけど」

「なるほど……いや、自分の知っているポテトサラダとは全然違うから。ちなみに子供用だと？」

他の客がいないのをいいことに、真司はどんどんと質問を重ねる。志保は戸惑いながらもひとつひとつ誠実に答えてくれた。

「子供用は、ちょっと砂糖を多めに入れるんです。作ってるこっちはカロリーの多さにびっくりしちゃう」

「そっちも食べてみたいな」

思ったことがするすると口から漏れ出る。カウンターに肘をつき、組んだ手に顎を乗せながら健気な志保を見つめる。自然と口元が緩み、隠しきれない愛しさが溢れだしてしまった。

「今日は疲れたからもうお店閉めようと思うんだ」

楽しい会話の途中で店主がそう切り出してきた。時間を確認すると、二十時半。長居し
てしまったことに申し訳なく思い、真司は慌てて席を立とうとする。しかし、「ちょっと
待って」と店主にいなされ、また座る。

「志保ちゃん、のれんを下ろしてきて」

「え、でも」

「いいから。ね？」

雇い主に言われ、志保は言われた通りにのれんを下ろしに外に出た。その後ろ姿を見
送っていると、低い声で名前を呼ばれた。

「真司君」

「……？」

いつもの朗らかな声とは違う様子に真司は何かあるのかと予想する。

「これから何か予定はある？」

「いえ、もう帰って寝るだけですが……」

それなら、と続けたが、店主は少しだけ言いよどむしぐさを見せた。真司は口を挟ま
ず、じっと次の言葉を待つ。

「よければ送って行ってくれないかね」

「……は？」

何を言っているんだ。そう思ったのが顔に出ていたのだろう。店主は困ったように眉を下げながらこう続けた。

「志保ちゃんは可愛いだろう？」

「そうですね」

それは否定できない。それに加え、人前に出る仕事をしているからか、側にいる相手に心地よい空間を作るのがうまかった。

「前はうちの妻が帰りは車で送っていたんだが、今娘が子供を産んでからそちらにかかりきりなんだよ。あんなかわいい子が夜歩いていたら……心配だろう？　酔っ払いならまだましで、本気になってしまう人もいるみたいでな……」

かなり濁して話していたが、真司には何があったか簡単に想像できてしまう。

「でも……あまり面識のない私にそんなことを話していいんですか？」

「志保ちゃん、君がいてとても嬉しそうだったんだ。こんなこと初めてだったから」

その言葉に、真司は衝撃を受けた。

信頼してくれている。なんということだ。この店主は性善説で生きている。時に汚い決断を迫られることのある真司にとっては眩しい存在だった。じっとみつめられ、目を逸らせずにいると、店主が力なく笑った。

「無理にとは言わないよ。そもそも、お客さんにこんなことを頼むのが間違っているわけだしね」

「いえ」

無意識にそう口にしていた。

「わかりました」

勢いに任せて、了承の返事をする。店主は、そうか！　と嬉しそうに目を細めた。多少乗せられた気もしないが、ここで志保とのつながりができることは幸いだった。

「お待たせしました。あ、の？」

外から戻ってきた志保は、何か違った空気を感じたのだろう。顔に疑問を浮かべている。どう伝えようか悩んでいると、店主が口火を切った。

「彼に志保ちゃんを送ってもらうように頼んだんだよ」

「え！　いいです！　大丈夫です！」

「そうはいっても、こないだも声をかけられたんだろう？　女性の一人歩きは危ないよ。誰か送ってくれるっていうことが牽制になるかもしれないんだから」

そうですけど、と志保が口ごもる。真司はその反応に、確信を深める。普通の女性であれば昨日今日会ったばかりの男を信用などしないだろう。しかし、会ったばかりの男の申し出を断れないほどの出来事があったのだろうとすぐに推測できた。

「だって……久住さんだって、忙しいだろうし……」

「俺なら平気です。どうせ帰って寝るだけなので」

でも、と志保はまだ決めきれないようだ。もう一押しだ。そう思った真司は、少々強引な手に出ることにした。財布から札を出し、カウンターに置く。

「外で待っているから。準備ができたら出ておいで」

そう言って、真司は店を出る。店主の「ありがとうございました」という声を背中で受けた。

外に出ると、寒さが真司の体を直撃した。東京とは違う湿った寒さは、体の芯まで冷やしていく。格好つけたはいいものの、なるべく早く出てきてくれよ。そんなことを思いながら、コートの襟を寄せた。

帰宅時刻をとっくに過ぎたオフィス街は驚くほど静かだ。次に来た時は何を食べようか、と考えていると、視線を感じた。

視線の方向に顔を上げる。ビルの陰に隠れているが、サラリーマン風の男がこちらを見ていた。客かと思ったが、路地に入ってくる様子もない。じっと見つめていると、慌てたように消えていった。

――店主が言っていたのは、これか。

実際に志保が狙われているのは間違いない。そう思うと、送ると言った自分の判断は正しかった。こんなにすぐに反応があるとなると、もしかしたら連日何かしらあったかもしれない。

──でも、すぐには言ってくれないだろうな。

志保に頼られたいという思いがありつつも、そうさせてくれない何かがある。少しずつその壁を崩せたら、と思っていたところで扉の開く音が聞こえた。

「お、おまたせしました」

慌てたように出てきた志保の頬が赤い。思わず手が伸びそうになったのをぐっと堪える。

「いいえ、全然。もう遅いですし、早く帰りましょう」

警戒されないように、自然な笑みを浮かべる。すると、志保は少し眉を下げて「すみません」と何度も口にした。

「気にしないで。俺の話し相手になってくれたらそれでチャラです」

「話し相手、ですか？」

「そう。こっちにきてまだ日が浅いから。人との会話に飢えてるんだ。あと、家庭的な料理」

「そうなんですね……どうですか？　こちらは」

会話が途切れないように少しずつ話題を提供すると、自然と歩幅が揃う。明るい通りに出ると、人はまばらだった。ゆったりとした歩みは寒さを強く感じさせるが、心はどこか温かい。

「とにかく、寒い。の一言です」

「そうですよね。私もこっちに来たときは寒くて寒くてびっくりしました」

「俺、こっちに来てすぐに買ったものなんだと思いますか？」

「ええ、なんでしょうか？」

手を合わせて考えるしぐさを見せた手は、むきだしのせいか赤らんでいる。握って暖めてあげたいなんて思いつつも、真司はポケットの中に手を入れる。そして、正解を口にするとともに、志保の手にそっと握らせた。

「正解は、カイロ」

「……あ、」

離れていった温もりが、今度は志保の手を温めた。次に彼女を温めるものは自分の手であってほしいとロマンチックなことを考えてしまう。

「あり、ありがとうございます」

「いいえ。どういたしまして」

じっとこちらを見つめる瞳には戸惑いが宿っている。一気に距離を詰め過ぎたかと必死で平静を装う。しかし、真司の思いとは裏腹に、志保は少しはにかんだような笑みを見せた。

「あったかい」

その笑顔を見た瞬間、真司の足が止まる。もしかしたら、自分がここに出向してきたのは志保に出会い、守るためだったのではないかと馬鹿な考えが浮かんでしまった。ショーとは全く違う、本当の志保を映し出したような飾り気のない笑顔だった。

「久住さん？」

「ああ、すみません。少し、いや、かなり……」

口元を手で覆い、しどろもどろになってしまう。ショーで見せた凛《りん》とした姿や、響との関わりで見た姿とも違う。素顔の志保に初めて出会ったような気がしていた。数度咳ばらいをして、必死に平静を取り戻す。

「すみません、もう大丈夫です。行きましょう。カイロが志保さんの手を温められてよかったです」

「は、い……」

未だ納得していないようだが、そんな志保をなんとかやり過ごして再び歩き出す。

「そういえば、どうして『ひさえ』で？　ダブルワークは大変だろうに」

「あ……」

真司にとっては何てことない質問だった。心を許したかのような笑顔を見せてくれたことで少し踏み込みすぎてしまったようだ。先ほど見せてくれた笑みに影が差す。志保は言葉を探すように少し口ごもった。

「家庭的な雰囲気がとっても気に入ったからです」

「そうですか」

嘘ではないだろうが、困ったように笑うその後ろに隠されているものがあるのは一目瞭然だった。大人の女性の美しさに驚かされたと思ったら、秘密を隠し切れない幼い部分が見え隠れする。追及するのは簡単だったが、真司はそれを胸の内にしまう。

オフィス街から十五分ほど歩いたところで、志保の歩みが遅くなる。家が近いことを察して、真司は声をかけた。

「この辺ですか？」

「あ、はい。あの」

「分かりました」

さすがに初回で家まで送るのは非常識だ。本当ならば家に入るのを見届けたいところだが、また今度と自分に言い聞かせる。

「志保さん。スマホ、出してもらえますか？」

「え、あ、はい」

志保がバッグの中を探している間に、自分の電話番号を表示する。そして、スマホを出した志保にその番号を見せる。

「はい、電話」

「え？」

「電話、かけて。俺は帰るから、志保さんが家に着くまで通話していれば俺が安心」

「え、」

戸惑う返答だったが、ここは譲れないと真司は画面を差し出す。おずおずと志保が番号を入力しているのを見届ける。そして、数秒後、自身のスマートフォンが揺れる。見慣れない番号の羅列だが、迷わず通話ボタンをタップした。

「はい、もしもし」

「『も、もし、もし』」

声が二重に聞こえてくる。志保の焦《あせ》った顔と声に、思わず吹き出してしまった。

「もしもし。志保さんですか？」

「はい、そうです」

反響したはにかんだ声に心地よさを覚える。真司は通話をそのままに、ゆっくりと一歩下がる。

「では、俺は帰ります。また明日」

「え？　また、明日？」

「はい。また明日です」

「そんな、毎日なんて」

側にいながら通話するなんておかしなことだ。しかし、真司はこの状況を楽しんでいた。近づきたいという心と反対に、少しずつ距離を取る。その間、じっと志保を見つめる。

「君の力になりたい」

声が二重に聞こえなくなったところで、本音を口にする。

「君が笑って、穏やかな日々をすごせるように力になりたいんだ」

スピーカーの向こうで息を呑む音が聞こえる。真司は、「さあ、家に帰って」と帰宅を促す。か細い返事が聞こえてきたと同時に、志保が背中を見せた。真司はそれを確認すると、ホテルへと向かう。そして辺りを見回して、先ほど路地で見かけた人物がいないかを確認する。ふ、と息を吐き会話に戻る。

「明日は何を食べようか考えているんだ」

「そうですね。明日は……、お肉にしますか？」

声が震えているような気がする。泣いているのかもしれないと思いつつも、真司はそこには触れない。あくまで気づかないふりをして「それもいいなあ」と軽く返事をする。

「肉類だと何がおすすめ？」

「日がいいと、仙石牛が入りますよ。そのまま焼いてもおいしいですけど、大葉を巻いて贅沢《ぜいたく》にてんぷらにしたのがおすすめです」

「ああ、いいなあ。ご飯にもよく合いそうだ」

肉汁の溢れる天ぷらを想像して、明日の楽しみが増えた。すると、金属の擦れる音が聞こえてきた。少し遅れて、がちゃりとシリンダーの回る音。

「着いた？」

「は、い」

「じゃあ、切ろう」

「あ、あの！」

焦りを浮かべた声が聞こえる。真司は次の言葉を待った。

「ありがとうございました。とっても心強かったです」

「うん。それならよかった」

自分でも驚くほど穏やかな声だった。弟の潔が聞いていたら目を真ん丸にしそうなほど普段からかけ離れていた。少しの沈黙の後、先に口を開いたのは真司だった。

「おやすみ。志保さん」

「っ、」

また沈黙が訪れる。それに耐えきれなくなった時、スピーカーから細い声が聞こえてきた。

「おやすみ、なさい」

「うん。おやすみなさい」

名残惜しいが、真司はそこで通話を切った。少しだけ会話の余韻を楽しんだあとスマートフォンの画面に並ぶ数字を見つめる。すぐに志保の名前を入力し、登録した。

「また、明日」

無機質な機械に向かってそうつぶやく。この気持ちが何なのか真司はもう気付いていた。

5　一晩だけ、甘えさせて

――おやすみなさい、なんて久しぶりに言われた。

ミュージアムからまっすぐに『ひさえ』に向かう足取りが軽くなった。どうしてかなど聞かれなくてもすぐに分かってしまう。今日は少し遅くなってしまったと入り口を開けると、見慣れたスーツ姿があった。

「こんばんは！　今日は早いですね」

遅れて「いらっしゃいませ」と声をかけると、真司は笑顔を見せてくれた。

「志保ちゃん、今日は予約が入ってるんだ。早めにお願いしていい？」

「あ、すみません。すぐに準備してきますね！」

奥ののれんをくぐって、着換えのため二階に向かう。すっかり慣れた手つきで着付けを終える。知らない土地に越してきて、家庭的な味を求めて入った店が『ひさえ』だった。その流れで求人に飛びついた。店主の妻であるひさえは、共働きの娘夫婦のため平日の夕方に孫の面倒を見ている。志保はひさえの抜ける平日の夕方から夜まで働く。ミュージアムと両立するためにはこれ以上の条件はない。

一人で暮らす分にはミュージアムの収入だけで十分だった。しかし、志保にはどうしてもそれ以上のお金が必要だった。もちろん、真司へ伝えた家庭的な雰囲気が気に入ったというのも嘘ではなかった。

真司に聞かれたことで過去が蘇《よみがえ》る。こちらに来た頃の自分は本当に世間知らずで何も知らない子供だった。その頃を思い出し、志保はぎゅっと口を引き結んだ。

「志保ちゃーん！」

階下から呼ぶ声が聞こえる。その声ではっと我に返り、志保は慌てて脱いだ服を整える。明るい色のトップスに、短めのデニムスカート。『みんなのお姉さん』であるためにはまずは格好からとティーンの子たちが好むような服を着ていた。しかし、真司と出会ってから、急にそんな自分が恥ずかしくなってしまった。乱暴に服を畳み、また唇を噛む。

「志保ちゃん！」

「はい！　今行きます！」

どろどろとした感情が溢れそうになったが、店主の声でまた我に返る。

とんとん、と急ぎ足で階段を下りると、楽しそうな笑い声が聞こえてきた。その声の主を想像すると、心がぽっと温かくなる。志保は緩む口元を必死で引き締め「おまたせしました」と、店に出た。最後に振り返った際、鞄の隙間から見えたスマートフォンの画面に出ていた『お母さん』の文字には気づかないふりをした。

「陽介さん。今日はポテトサラダある？」

真司はすっかり『ひさえ』になじみ、店主を名前で呼んでいた。

「気に入ったかい？　なんてったってねえ？」

含んだ言い方に志保は少しだけむっとして、二人の間に入り込んだ。

「生、お待たせいたしました」

平静を装ったつもりだったが、声が少し裏返ってしまった。店主がわざとらしく口を押さえているが、志保は気づかないふりをする。

「……なんか、怒ってる？」

「いいえ、怒ってなんか、いません」

ちょっぴりつんけんした言い方になってしまったが、怒っているわけではない。

「怒ってはいない。ということは、何か知られたくないことがあるのかな？」


志保はどきりとする。詮索されるようなことは何もないはずだ。ポテトサラダの作成者が志保だと言うことも知っている。隠すこともない。けれども、真司の言い方にはどこか含みがあるように感じた。

「君は、知られたくないことがたくさんあるようだな」

そう言って真司は生ビールに口をつける。しょんぼりした口調に、志保は悪いことをしているような気持ちになった。真司がこうして罪悪感を誘って自分のペースに持ち込むということを志保はこの数日で知った。なぜなら結局、毎日真司に送ってもらっているからだ。断ろうとすると、今のようにしょんぼりして見せる。例えて言うなら大型犬が耳を垂らし、悲しそうにする様子に似ている。大の大人、しかも真司のような見目の良い男性のそんな姿に、心を動かさないのは難しかった

「真司君、志保ちゃんをそう追い詰めてくれるな」

「そうですね。ただ、チャンスは有限なので」

全く反省していない口ぶりに、志保は小さく唇をとがらせた。ここのところ、志保を悩ませていた付きまといも全くと言っていいほどない。一か月ほど前から、帰宅時を狙っていつも声をかけられていた。最初は「こんばんは」などと言ったあいさつ程度。店の客かと思って対応していたが、どうにも見覚えがない。薄気味悪さを覚え始めたところで、付きまといが始まった。まっすぐ帰宅することができず、男性の姿が見えなくなるまでコンビニや本屋に寄って時間をつぶす日が続いた。気を張っていると自覚すれば、どっと疲労が押し寄せてくる。そんな風に感じ始めていたときに、真司が送ってくれるようになった。少しずつ日常を取り戻し始めた。そんな頃だった。

「いらっしゃい……ま、せ」

背後でカラカラと格子戸の開く音が聞こえる。反射的に振り返った志保は、入ってきた男性を認めると、目を見開いた。

「……一人ですが、いい？」

「あ、は、い……おひとり、様ですね」

こちらにどうぞとカウンター席を勧める。無言で席に着く男性に、志保は無意識に距離を取った。おしぼりを渡す手が少し震えてしまった。入ってきた客は、いつも志保を待ち伏せていた男性だった。

「焼きサバ定食」

「は、はい。サバ、一です！」

志保はさりげなさを装ってその場を離れる。おしぼりを渡すときに触れた手が湿り気を帯びていたのを思い出し、気味の悪さを感じた。

「ねえ、注文いい？」

不安になっていたところに優しく声がけされ、顔を上げて返事をすると、真司が手招きをしている。

「ビール飲んでたんだけど、やっぱりあったかいお茶もらっていい？」

「あ、はい。今、淹《い》れてきます」

志保は天の助けと言わんばかりに、厨房の奥に引っ込んだ。

「……はあ」

男性客から見えないところに入った瞬間、ため息が出てしまった。茶を淹れなければ。そう思ってお湯を沸かし始めると、カウンターにいたはずの店主が顔を出した。

「大丈夫？　なんだったら今日は帰っていいよ」

「いえ、そんな。これからまだお客さんも来ますから。定食だけだし、食べたらすぐ帰ると思いますし」

志保がそう言うと、店主は心配そうに眉を下げた。

「わかった。でもちゃんと真司君に送ってもらうんだよ?」

自分から頼むのはおこがましい気がして、志保は曖昧に笑顔を浮かべる。このときまだ、楽観的に考えていたのだ。


「っ離してください!」

「話す? いいよ、ゆっくり話そう?」

違う。志保は首を横に振る。しかし、相手は話が通じないのか、志保の手を握る力を強めた。

——どうしてこんなことに……!

先日焼きサバ定食を食べた後、男性はすぐに店を出ていった。ほっとした志保は、自分が意識し過ぎていたのだろうと考えていた。そんなことが数日続いたが真司は毎日来店し、志保がどんなに断ろうとも自宅まで送ってくれていた。

そして、今日。店に真司から連絡が入った。仕事が忙しくて、店に行く時間が遅くなる。自分が来るまで帰らないようにとの伝言だった。例の男性はいつものように来店し、焼きサバ定食を食べた後、すぐに帰っていった。

男性が来ても何も起こらないことが続き、志保は油断していた。

今日も変わらず一日が終わるはずだった。真司がいないことを除いて。

「志保ちゃん？　真司君、待ってててって言ってたよ」

「でも、あの男性もとっくに帰られましたし。お店ももう閉める時間ですから……」

「すれ違いになっちゃうから。待っててなよ」

そう言っても、店主が早く帰りたがっていることを志保は知っていた。ひさえの具合が悪く、寝込んでいると困ったように言っていたからだ。

「大丈夫ですから。お先に失礼します」

そう言って店を出て、表通りに向かって歩き出したときだった。強い力で引っ張られ、路地の奥へと連れ戻されてしまう。ハッとして顔を見ると、あの男性だった。

ビルの壁に押しつけられる。志保の腕を摑んでいる手の力が強く、何も抵抗できない。

「君だって、本当はまんざらじゃないだろう？」

あんなところで、あんな格好をして、俺に笑顔を向けていたじゃない。楽しそうに踊って、胸を揺らして、きれいな足を見せつけていた。それに、夜は俺の会社の近くの店で働いていて。君が俺を追いかけてきたんだろう？

早口でそう言われた。思い当たる節がひとつもない。あんなところで、とはどこ？　と混乱する頭で考える。

「返事は？　もしかして、照れている？」

壁際に追いやられて、男が体をぴったりと密着させてくる。荒い息遣いと、湿った肌。

そして、膨らんだものを思い切り押し付けられた。

「っ、」

志保は体を固まらせた。唇が震え、声をあげることもできない。

「別に、ここでどうこうしようってわけじゃないんだ。俺だってこんなところでしたくないしね」

でも、と言って男が顔を近づけてくる。

「ちょっと、味見くらいいいよね」

男性は志保の頰に自分の頰を擦りつけた。生ぬるく、ざらざらとしており、湿っぽい感触に、全身が嫌悪感を訴える。志保は抵抗しようとしたが押さえ付けられてしまい、男性の足でがっちりと挟み込まれて動けない。気づくと男性の顔が目の前にあった。軽く口を開けて近寄ってくる。鼻につんと刺さる刺激臭と共に、その顔がどんどん近づいてきた。

――嫌だ！

キスをされそうになった瞬間、不快な匂いが遠のいた。そしてすぐに、ウッディな香りが志保を包んだ。この香りを志保は知っていた。爽やかで、鼻に届くと心地よさで包まれる優しい森のような香り。その香りがよく似合う人の姿も志保は知っていた。

「何をしている！」

どさり、と鈍い音が響く。先ほどまで志保をビルの壁に押し付けていた体が地面に転がっている。男のバッグの中身がその場に散乱していた。その光景に一瞬ぎょっとしたが、恐怖に侵された体は何もできなかった。

「くすみ、さん」

志保がやっとのことで絞り出した声は震えていた。唇が冷たくなり、うまく動かない。

「もう大丈夫だから。遅くなってごめん」

志保の体が震えていることに気づいたのだろう。真司が着ていたコートを被《かぶ》せてくれた。大きなコートにすっぽり覆われると、またウッディの香りに包まれた。

「今、カタをつけるから」

そう言って真司がうずくまる男性に近づいていく。

「田所《たどころ》博司《ひろし》さん。株式会社大山リネンにお勤め。奥さんと、その両親と、お子さん二人と暮らしている」

地面にうずくまっていた男性が勢いよく起き上がり、真司を睨《にら》みつける。

「入り婿で、大層肩身が狭いようだね……？」

そう言われた男性の表情が、驚愕に歪《ゆが》む。真司は志保に背を向けているため表情はわからない。全身から溢れ出るような怒りが放たれていた。

「そんな肩身の狭い生活も、今日でおしまいかな。ストーカーに、婦女暴行罪だ」

「っ、俺は！　その女が誘ったんだ！」

男性が、そう叫ぶ。身に覚えのない志保は、思わず首を横に振った。

「誘った？　どうやって？」

真司の問いに、男性は先ほど志保に投げかけた言葉をそっくりそのまま繰り返した。途中から聞くに堪えなくなり、顔を背ける。

「つまり、キラキラマンミュージアムで歌って踊る彼女が、自分を誘ったと……なるほど、ね」

志保は驚きに目を見開く。先ほど言っていた男の言葉を、やっと理解できたからだ。子供の笑顔のためにやっていたことで、こんなことになるなんて。今の今まで堪えてきた涙がじわりと浮かび、瞳を濡《ぬ》らしていく。泣き顔を見られたくなくて俯《うつむ》くと涙が零れ落ちた。

「そうだ！　あんな風に男を誘ったこの女が悪い！」

だから、誘いに乗ってやったんだ。そう叫んだ男の胸倉を真司が思い切り掴んだ。

「子供を笑顔にしようと頑張っている彼女を侮辱するな！」

狭い路地に、真司の声が響く。その言葉に、志保は顔を上げる。涙で視界はぼやけているが、真司の姿はしっかりと捉えることができた。自分のしていることを認めてくれる人がいる。それだけで、勇気が湧いてきた。その時、男の散らばった荷物の中にあるものを見つけてしまった。

「さあ、警察に行こう」

警察。その一言に男性の表情が固まった。急に態度を変え、猫なで声で謝罪を始める。

「そ、それだけは……」

「何を言っている？　そんなことが通用すると思っているのか？」

真司はスマートフォンを取り出す。志保は、思わず二人の間に飛び出した。

「久住さん」

「……なに？　もしかして、やめろっていうの？」

「……その、まさかです」

震えはもう治まっていた。真司が自分を認めてくれたこと、男の鞄の中にあったあるものに志保は動かされていた。

「下がっていたほうがいい」

「いいえ」

そう言いつつも、志保は恐怖からか真司のコートを握り締めていた。その手はまだ震えている。しかし、もう負けていられなかった。

「私に、甘えないで」

志保に期待のまなざしを向ける男性に向かって、凛とした声でそう口にした。

「私は、子供たちの笑顔のために仕事をしているんです。それを、誘っているだの、見せつけているだの、勝手な解釈をされると困ります」

淡々と、そしてはっきりと、拒絶を相手の胸に打ち込むように志保は言葉を投げかけた。

「もう一度言います。私に甘えないで。何をしてもいいなんて思わないで。あなたが向き合うべき相手は、他にいるでしょう」

志保は真司の方を振り返る。

「この人の、個人情報を持ってるんですか？」

「あ、ああ。大体は」

「そうですか。今回は、警告に留めます。もし、今後あなたを見かけたら絶対に許しません」

声に力を込め、男性を見下ろした。言いたいことを理解したのか、男性は項垂れ、そして小さく頷いた。

「もう、二度としません……目が覚めました。申し訳ございません」

か細い謝罪に、志保は応えなかった。

◇　◇　◇

男性は項垂れたまま一礼をして、二人と目を合わせることなく去って行った。丸まった背中が見えなくなったところで真司が口を開いた。

「よかったのか？」

真司の問いかけに、志保はすぐに答えられなかった。警察に届け出てもいいくらいのことをされたと思っている。しかし、志保に言い寄りつつも、指にはめられていた結婚指輪と、そしてもう一つ。

「散らばった荷物の中身見ましたか？」

「いや」

志保の背中を押したのは、真司がくれた勇気と、鞄の中にあった家族写真だった。小さな子供の写真が二枚。父親である男性の頬に自分の頬を擦りつけている小さな女の子の写真。もう一枚は、父親の背中に乗り、ピースサインをする男の子の写真。そして、二人の子供を抱きしめる、笑顔の女性の写真だった。

それを見た瞬間、志保は男性の家族のことを考えてしまったのだ。

「私が我慢する必要はないってわかってます。もしかしたらまた、同じことが起きるかもしれないけど……」

それでも。志保は言葉に詰まりながら続けた。

「父親は……いたほうがいいのかなって……」

散らばった荷物を拾い集めていたときに、子供と妻の写真を真っ先に拾い、汚れがないか確かめた男性に嘘はなかったように思える。

「……父親ね」

「考えが甘いでしょうか？」

志保の問いに、真司は考えるそぶりを見せる。

「……俺たちの父親は、いつも母を大切にしていた。家族を大切にできないやつに、何もできやしないってのが口癖だった。そんな父親を俺は尊敬していた。けど、あの男は子供に尊敬されるべき父親なのだろうか」

志保はその答えは分からない。家族を大切にする形は色々あるだろう。真司の言うことは真っ当だと思う。しかし、志保は家族の存在を無視できなかった。

「わかりません……」

「君は、甘い。そして何も教えてくれない。そこまで他人の家族を大切にする理由を知りたい。君が怖い思いをしてまで」

心を打つようなまっすぐな言葉だった。志保は唇を小さく噛み、何を言うべきか、ぐるぐると考えを巡らせた。

「でも、それより」

無事でよかった。

やけに近くでそう聞こえた。着せられたコートごと大きな体に包まれていた。

――抱きしめられている。

いきなりのことに驚いた志保は、目を丸くする。先ほど男性に近づかれた時には恐怖と嫌悪感しかなかったが、今は違う。爽やかなウッディノートの香りに包まれると、冷えていた体に熱が戻ってくるようだった。

気を張っていたのかもしれない。安堵感が全身をめぐり、涙が溢れ出てくる。

「怖かっただろう?」

「は、い……」

一粒、二粒と流れる涙が真司のスーツを濡らす。まるで、志保の悲しみと恐怖を吸い取ってくれているかのようだった。真司に優しく頭を撫でられ、志保はまた涙を流した。

「泣いていい」

優しい、柔らかい声だ。心地よさに身を任せていると、頬に大きな手が添えられた志保は、そっと自分の手を重ねる。手のひらを通して、男性のたくましい手のぬくもりを感じる。ずっと一人で生きてきた。誰にも頼らず、今日までずっと。今くらいは甘えてもいいだろうか。そんな弱い思いが芽生えた瞬間、自分を呼ぶ声が聞こえる。

『お姉ちゃん』

その声が聞こえた瞬間、志保ははっとする。ウッディの香りから逃げるように距離を取る。

「ご、めんなさい。私」

声が震え、何を言ったらいいのかも分からない。男性に触られた名残が残る体に、過去が押し迫ってくる。それは少しずつ志保から理性を奪っていく。

「いいよ」

「なに、が……」

離れた距離を詰められる。いつも電話をしながら離れていく真司が、どんどん近づいてくる。

「俺に甘えて。何も言わなくていいから」

大きな手がまた頬に添えられた。その一言に、志保は目を見開く。

「甘える……なんて……できない」

声が震えている。自分はみんなの『お姉さん』でなければいけない。そのために今までずっと努力をしてきた。いつも笑顔で、優しくて、子供たちに喜びを与える。家族が喜ぶ姿が自分の幸せ。ずっとそう自分に言い聞かせてきた。そのために着たくもない若い子が好むような服を選び、体形にも気を使っていたし、年を取ることは許してこなかった。

「できない？　本当に？　じゃあ、この手を振り払ってごらん？」

添えられた手を通して熱が伝わってくる。その熱が、志保の心の奥底のある縛りをゆっくりと解いていくように思えた。

「できない？」

もう一度聞かれる。体が言うことをきかず、志保は自分の意識とは別に真司の手に自分の手を重ねた。

そして、真司の手に自分の頬を擦りつける。志保にできる精いっぱいの甘え方だった。

「志保さん」

名を呼ばれ、びくりと体が震えた。どうしたら、という思いが頭の中を巡る。そうして出てきた言葉は戸惑いだった。

「わたし、私……どうしたらいいかわからない」

その言葉を合図に、抱き寄せられる。そして、濃くなる真司の香り。すべてを包み込んでくれるような、優しい香りは志保の奥底のわだかまりを少しだけ崩してくれた。

「それでいいよ。わからないなら、教えてあげる」

顎を軽く持ち上げられる。色の濃い瞳に囚われてしまい、志保はもう何もできなかった。吐息の交ざる距離に、寒さのせいか白が交じる。それが見えなくなった瞬間、ほんの少しだけ唇が触れ合った。

「嫌？」

志保はとっさに首を横に振る。すると、もう一度唇が重なった。今度は先ほどよりも少し長い。全く嫌ではない。体の奥底からもっと触れてほしいという欲張りな思いが芽生えるほど、真司の存在が愛しくて愛しくてたまらなかった。

「久住さん……」

真司の長い指が志保の唇に触れる。

「真司。そう呼んで」

「っ、しんじ、さん」

「そう。上手だね」

ご褒美とばかりに、唇が重なる。触れ合っていた唇が離れていくと寂しくてたまらないと思うほどに長い口づけだった。恥ずかしさから、志保は思わずコートの襟に顔を埋めた。

「隠さないで」

懇願するような声だった。ゆっくりと顔を上げると、まっすぐに自分を見つめる真司と目が合った。

「心は隠してもいい。でも……」

その言葉は続かなかった。背の高い真司に合わせるように、うんと背伸びをして、志保自ら唇を重ねた。

「……今日は、わたし、」

今日だけは、みんなの『お姉さん』の殻を脱ぎ捨ててもいいだろうか。キスにそんな思いを込める。ずるくてもいい。志保はどうしてもこの温もりを手放せなかった。

「うん。全部俺のせいにして」

志保。耳元で名を呼ばれる。自分はずるいと思いながらも、志保は体を預けた。

◇　◇　◇

自分の部屋で、と誘ったのは後腐れがないようにという邪《よこしま》な考えからだった。真司のことを知ってしまったら、もう後に戻れないことを志保は知っていた。真司は少しだけ驚いたような顔を見せたが、もう一度唇を落として「わかった」と静かに返事をしてくれた。

いつもの帰り道を会話もなく歩く。いつもと違うのは、カイロの温かさではなく、真司の手のぬくもりだった。

いつも電話をしながら別れる道にさしかかった時、ゆっくりと真司の手が離れていく。何かあったのかと思って見上げると、また人差し指が唇に置かれた。

「少し、買い物をしてくる」

「え、」

「女性の部屋にあがるには、少々のエチケットがいるから」

その言葉に、志保の顔に一気に熱が集まる。そういうことをすると分かっていたが、実際言葉にされると戸惑ってしまうのが本音だ。

「さて、と」

真司がスマートフォンを取り出す。そして、いつものように志保のスマートフォンが揺れた。

今日も電話ですか？　と続けると、もちろんと明るい声が返ってくる。

「待っていて。十五分ほどで戻るから」

優しい声に頷くと、真司は「行って」と続けた。

「家、わかりますか？」

「ああ、それがあったな。じゃあ、家に入って誰もいないってわかったら住所を教えて」

「わかりました」

志保はいつもの通り、歩みを進める。後ろに真司の気配を感じながら話す会話はとても楽しかった。しかし、今日は少しだけ気が重い。理由は分かっている。真司を自分の寂しさを埋めるために利用しようとしているからだ。

子供のために頑張ってきたことを襲ってきた男性に真っ向から否定されてしまった。

──私は、いつもこうなんだ。

何かを頑張ろうとすればするほど、いつも裏目に出る。ショーのMCも、家族のことも。

心の奥底に沈んだ淀みが溢れだしてくる。

母親の叫び声。泣きじゃくる弟妹。そして、玄関のタイルに広がった赤。すべて、志保がうまくできなかった結果だった。

「っ、は」

息がうまくできなくなり、会話が詰まる。

──どうしよう。声がうまくでない。

自分の体に起きた異変に対応できないでいると、スピーカー越しにまた優しい声が響いてきた。

「志保」

「っ、」

「本当は大人の分別なんて無視して今だって君の側にいたいよ。君の力になりたいって言っただろう？」

「くす、みさ」

「違うよ。真司、だろ？」

言われた通りに名を呼ぶ。すると、息苦しかった胸が一気に楽になる。

「志保。甘えて。俺に。今日はずっと側にいる」

涙をこらえ、何度も頷く。通いなれた家までの道を少し早足で向かい、家の鍵を開ける。そうして、か細い声で住所を告げると力が抜け座り込んでしまった。立とうと思ったが、意識がぼんやりしていて言うことを聞いてくれない。

時間にして、数分だった。この家に来て、セールスと宅配便以外で鳴ったことがないインターホンの音が響いた。

振り返る暇もなく、ドアが開く。すると、先ほどまで志保を包み込んでくれていたウッディ系の香りが鼻をくすぐった。

「こんなところにいて。体が冷えるよ」

「……しんじ、さん」

背後から抱きしめられ、身動きが取れない。首だけ振り返ると、視線をふさぐようにキスが降ってきた。

「ん、」

漏れ出る声に反応したのか、真司の舌がぬるりと侵入してくる。どさり、と何かが落ちる音が聞こえたが、気にする暇もなくキスが深くなっていく。冷たい玄関に座り込んでいるはずなのに、どんどん体が熱くなる。

キスが、心地よい。志保は舌を絡めながらそんなことを思う。今日だけ、と思って真司を受け入れようとしたが、志保の意思を尊重した触れ合いをじれったく思ってしまう。

――もっとひどくしてくれたらいいのに。

そんな自分勝手な思いが生まれる。それを察したのだろうか、真司がゆっくりと志保から離れていく。名残惜しさを感じていると、体をくるりと反転させられた。

「ただいま」

しっかり目を合わせて真司がそう口にした。志保は、その言葉に驚き、目を見開く。

――ただいまなんて、いつぶりに聞いただろう。

誰かを家に招き入れることも、誰かと夜を過ごすことも久しぶりだった。志保はずっと一人だった。

「ほら、何て言うの？」

「おか、えりなさい」

よくできました、とご褒美のキスが降ってくる。唾液《だえき》を交換し水音を響かせていると、体が浮くのを感じた。その勢いで履いていたパンプスが玄関タイルの上に転げ落ちた。

「さて、無事に家に入れてもらったし」

「ちょ、ま」

「絶対に忘れられない夜にしよう」

「な、何を」

一晩限りだと決めていた自分にとっては信じられない宣言だった。家主を差し置いて、真司はどんどん家の中に入っていく。志保の家は普通の１Ｋのアパートだ。背の高い真司が数歩歩けばすぐに部屋にたどり着いてしまう。

「っ、待って！」

志保は部屋の様相を思い出し、叫ぶ。しかしすでに真司は部屋につながるドアを開け放っていた。

「ちょ、見ないでください」

両手で真司の視界を隠そうとするが全く届かない。電気がついていないため、まだいい。しかし、真司の手がスイッチを探り当てると、部屋が一気に照らされた。

「だ、だめ」

また手を伸ばすが、どうしても届かない。熱に浮かされていたせいですっかり忘れていたが、志保の部屋はキラキラマンのグッズで溢れていた。ぬいぐるみはキラキラマンとママワちゃんがセットで並び、壁にはママワがプリントされたもこもこのパーカーがかけられていた。化粧台にはママワとコラボしたジュエリーケースやヘアバンドなども一式置いてあった。志保は恥ずかしさのあまり、両手で顔を覆う。

「すごいな……」

ぽつりとつぶやいた真司の声から感情が読み取れない。そろりと視線を上げると、真司はおもちゃでも見つけた子供のような表情でそれらを見ていた。

「志保はママワが好き？」

「え、あ、」

「ママワは結構大人の女性にも人気があるんだよ」

「そうなんです！」

志保はその言葉に思わず食いついてしまった。ママワは志保の憧れだった。自分の感情をさらしつつも、最後にはきちんと謝ってみんなと仲良くできる素直で優しいキャラクターだった。過去とも現実とも向き合えない自分とは全く正反対だった。実際に、子供を連れてきた母親が、自分のためにママワちゃんのグッズを買っていく場面も何度か目にした。

「ママワちゃんは、私の憧れなんです。ちょっとわがままだけど、キラキラマンへのいじらしい恋心を隠して……なんていうか、ちょっとうらやましいっていうか……」

「うん。そうか」

つい、語ってしまった。先ほどまであった熱っぽい雰囲気は消え去り、今は慈しむような視線に囚われていた。

「あ、すみません、わたし、こんな」

「いや、俺もキラキラマンが大好きで大好きで仕方なくて……ここにあるミュージアムを建設する際にも必死になっていたことを思い出したよ」

「そうなんですか……支店長っていう立場でも色々あるんですね」

「あぁ、そう、だな。色々あるなぁ」

いわゆる世間が想像するようなサラリーマンのことはさっぱり分からない。しかし、真司の表情を見ると、面倒なことが多いのだろうということだけは理解できた。

でも、と志保は続ける。

「真司さんたちが頑張ってくれたから、私は憧れのものに囲まれて暮らせています」

ママワちゃんを好きな気持ちに嘘はない。それを
「……っ」

真司から表情が消える。まずいことを言ったかもしれない、と思ったが、抱き上げられたまま思い切り抱きしめられた。

「ありがとう。俺は志保さんがこの土地で働いて子供を笑顔にし続けてくれたことが嬉しい」

志保の心に小さな明かりが灯る。腕をいっぱい伸ばして大きな体を抱きしめる。しばらく抱きしめあったあと、どちらからともなく顔を上げる。

視線が絡まると、唇が近づいてくる。少し首を伸ばして、その唇を受け止めた。互いの熱を纏《まと》い、自然とキスが深くなる。そのまま押し倒されそうになったが、志保の家にベッドはない。唇が離れた時にそう伝えると、ゆっくりと床におろされた。

「寝具はどこ？」

「あ、そこの、クローゼットの上段……」

ぼんやりとする志保を置いて、真司がクローゼットを開ける。普段から綺麗にしておいてよかったと真司が布団を取り出す様子を見つめる。

「なんか、照れるな」

「え？」

「これから君を抱く準備をすること」

抱く。直接的な表現に志保の顔に熱が集まる。思わず手を伸ばして真司を止めようとするが、もう準備は整ってしまった。

「おいで」

真司が布団の上で手を広げている。志保はおずおずと近づくと長い腕に囚われてしまった。

「捕まえた」

「ずるい」

「そう、俺はずるいんだ。君をこうして抱きしめるために手段を選ばない悪い大人だ」

口を開けて。真司がそう続けた。志保は言われるまま薄く口を開けると、ぬるりと舌が侵入してきた。

「ん、ふう」

肉厚の舌が志保の口内の形を探るように動き回る。それで満足したかと思えば、志保の小さな舌を追いかけてくる。時に逃げ、時に追いかけるように夢中になってキスしていると、口の端から処理しきれない唾液が流れ出る。志保の体温を奪い、ぬるくなった唾液が首筋に流れたとき、ゆっくりと唇が離れていく。

「わがまま言って。ママワちゃんのように。俺にだけ」

言葉を一音一音区切る。それはまるで志保に言い聞かせるような口調だった。志保は曖昧に微笑むにとどまった。ステージで見せるような笑顔ができればよかったが、どうしたらいいのか分からないと言うのが本音だ。

「それでいいよ」

何がいいのかも分からず、志保は困惑する。しかし、軽く肩を押され、慣れた感触に体が包まれた。美しい男性を見上げる形となり、志保は思わず顔を背けた。

「だめ」

顎を摑まれ、すぐに正面を向かされる。恥ずかしさからぎゅっと目をつぶると、瞼に温かさを感じた。

「ちゃんと見て。今夜今から君を甘やかす男を」

「っ、わたしこういうこと久しぶ……」

続く言葉を紡ぐことを許されなかった。今まで優しかった唇が、急に凶暴になって志保を襲った。

「っ、」

勢いがあったせいか、軽く歯がぶつかる。じん、と残る痛みに驚いていると、熱烈な視線に囚われた。

「君の過去を知りたいと思うが……」

唇に指が押し付けられる。瞬きも許されず、志保はされるがままだ。

「前の男を許容できるほど寛大ではない」

押し当てられた指がゆっくりと口内に侵入してくる。歯をこじ開け、舌を撫でられて。口を閉じられず、唾液がゆっくりと口角から流れ出る。短く息を吐いていると、真司はゆっくりと弧を描いた。

「いつもきっちり閉じられたコートの下の君を知るのは俺だけだ」

脱ぐ暇もなかったコートのボタンに手がかかる。この下に隠されている子供っぽい服装を思い出して、志保は思わずその手を止める。首を横に振り、拒絶する。幻滅されてしまうのではと怖くなった。

「幻滅、しませんか？」

怖さがそのまま言葉となってこぼれた。

「しない」

「……ふ、」

未だ口内をまさぐり続ける指のせいかうまく声がでない。

「子供の夢のために努力する君に、どうやったら幻滅なんてできる」

逆に教えてほしいと真司が続けた。志保はどうして知っているのかと疑問を隠せない。

「いつも不自然なほどきっちりボタンが閉じられたコートがいつも気になってた。クローゼットの中の服を見て確信した。頑張っていたんだな」

その一言に、涙が溢れ出る。一晩だけ、と決めていた恋だった。けれどもそれは難しいのかもしれない。そう思わずにはいられなかった。

「どんな君でも幻滅なんかしない。見せて、全部」

コートのボタンが外され、似合いもしないフリルのたくさんついたシャツがあらわになる。自分の年齢と、なによりも心と合わないちぐはぐな格好だった。

「ずっと、一人で頑張ってきた？」

口内をまさぐっていた指が引き抜かれ、シャツのボタンを大きな手が一つ一つ外していく。その問いに答えられずにいると、真司の唇が涙を掬い上げた。

すべてのボタンを外したのか、白い布がはらりと肌を滑り落ちていく。

「綺麗だ」

薄桃色のブラジャーだけになった上半身がどこか心もとない。しかし、視線は真司に囚われてしまっている。鎖骨のくぼみにキスが落ちてくる。軽く吸われ、ちくりとした痛みが走った。その痛みに気を取られていると、ぷつりと背中ではじける感覚。

「っ、あ」

みんなの『お姉さん』という仮面がどんどんはがされていく。心はもう丸裸にされてしまいそうだ。今日だけ、と決めていたのに真司の優しさがそれを許してくれない。

「何を考えてるの？」

自分の格好を考えると恥ずかしくなる。しかし、それを見越したように、真司がまた唇を重ねてきた。揺れる乳房を大きな手が掴むのが視界に入る。こんなに素敵な男性が自分

に。そう考えるだけでぞくりと肌が粟立つ。恐怖というよりも、どうやら自分は興奮しているらしい。自分の中にこんな感情が隠れているなんて知らなかった。

「あ、ああ……」

頂をしごかれ、そのたびに甘い声が漏れ出る。甘噛みされ、いたぶられ、吸われる。それぞれ違う感覚に、志保は翻弄された。腹や乳房に残る赤い痕が増えていく。先ほどのような恐怖心はなく、増える赤をぼんやりと見つめていた。そうするうちに今度は内ももを大きな手が撫《な》でた。ひゃっと漏れる悲鳴を塞《ふさ》ぐように唇が重なる。キスに気を取られているると、真司の手は徐々に体の中心に向かい、どこか探るような動きで志保の肌を撫でた。思わず縋《すが》るように真司の首に腕を回してしまう。

「そう、そのまま。俺に縋ってて」

大切にするよ。キスの合間にそう囁《ささや》かれる。甘い媚薬《びやく》を耳から流し入れられるようだ。低い声と、真司の存在そのものに、志保はとろんととろけてしまう。与えられる快感に身を任せてあえいでいると、大きな手がショーツのクロッチ部分に届く。布を撫でられると、今までにない刺激がびりりと全身を巡った。そしてすぐに、じわりと何かがにじみ出る。

「濡れてきた」

そのままショーツ越しに、擦られる。探るような動きだったが、段々とある一部を狙ってせめてきた。志保はとっさに腰を後ろに引き、快感から逃れようとする。すると、逃がさないとばかりに腰を摑まれて、引き寄せられた。いつの間にかスカートも抜き取られ、頼りないショーツ一枚になっていた。

「……いい？」

「そんなこと聞くなんてずるい……」

ぽつん、とそう零すと、小さな笑い声が聞こえた。

「ごめんね。君がいろんな顔を見せてくれるのが嬉しくてね」

その言葉と一緒にショーツを下ろされる。志保の頰がかっと熱くなった。

「俺の前では、素直でいて」

かけられた言葉に、志保は戸惑いを隠せない。素直になって、どうやって。真司は志保の疑問を見透かしたように、耳元で囁いた。

「気持ちいいなら、気持ちいいって教えて」

素直になる方法を教えてもらい、志保は小さく頷く。いい子と耳打ちされ、鼓膜が揺れる。真司の声は魔法のようだ。鼓膜から神経を伝い、脳髄へ響いていく。命令されていないのに、全ての行動を操られているような気がした。

「っ、ひゃあ！」

閉じていた足が勢いよく開かれ、驚きのあまり悲鳴をあげてしまう。

「ああ、すごく、濡れているね。もったいない。零れそうだ」

秘部は外気にさらされ、急にひんやりとした。太ももの付け根付近や内ももにまで冷たさを感じた。そんなところまで濡らしていたのかと気づき、志保は両手で顔を覆った。

「ああ、ダメだよ」

すぐに手を摑まれて、真司と向き合う形になってしまう。

「もう少し、気持ちよくなろうね」

幼い子供に言い聞かせるような口調だった。秘部に顔を近づける真司が何をしようとしているのか理解した志保は、制止しようとしたが間に合わなかった。

「っああ！」

布越しに感じた刺激よりも、より強いものが全身を駆け巡った。抑えきれない喘《あえ》ぎが漏れ、恥じる暇もないほど快楽に翻弄される。じゅるじゅると卑猥《ひわい》な水音と共に、真司が志保の秘部を舐《な》めている。先ほど布越しに見つけたらしい、小さな突起を重点的に攻められた。どうにかして快楽をやり過ごそうとするが、真司の髪を乱すことしかできなかった。

「だめ、あ……っだ、め！」

「ほら、言っただろう？」

素直に。そう、お願いされる。口を離している間は、太い指で突起を押しつぶされた。考える暇も与えてもらえないほど溶かされる。思考も、体も快感に濡れ、ぐちゃぐちゃになっていた。

「ん、う……ふう、いい、です……きもち、いい」

真司に言われた通りに、口にする。抗いようのない気持ちよさは、言葉になってするりと漏れ出た。

「ん、いい子。じゃあ、一度達しておこうね」

また、秘部に顔を埋められる。唾液か志保の蜜か分からないが、濡れた舌が志保の快楽の中心部を撫でた。ぞわぞわと這《は》い上がってくる刺激に、志保は軽く達してしまう。弾けるような気持ちよさに溺れようとしたが、すぐにまた蕩けるほどの刺激が襲ってくる。軽くなどではなく、本格的な絶頂がやってきそうだった。体中に張り巡らされた神経を伝って、脳に直接快楽を叩きこまれるような攻めに、志保はなすすべがない。口角から唾液を垂らし、真っ白なシーツを濡らす。拭う余裕もなく、肢体を投げ出し、真司に身を任せるしかない。

「あっあぁーーーっ！」

仕上げと言わんばかりに思い切り突起に吸い付かれる。激しく吸われた瞬間、足をピンと伸ばし、志保は今までにない絶頂を味わった。真っ白な世界に放り込まれ、ふわふわとした綿に包まれるような不思議な感覚。絶頂を迎えても体は、じんじんと熱を持っている。

「ん、上手」

真司が額にキスをする。

「次は、俺の番」

「……？」

荒い息を整えていると、覆いかぶさっていた真司がむくりと体を起こした。薄暗い明かりの下でも分かるほどに、彼の唇は濡れていた。目を細め、口元には笑みを浮かべ、志保を見下ろしている。

——ああ、もう、逃げられない。

志保は色気たっぷりの真司に見惚れていた。シャツを脱ぎ捨て、スラックスも脱ぎ、二人とも生まれたままの姿になる。真司の大きな体にすっぽり包まれて、生肌がふれあい、互いの鼓動を分け合った。その心地よさに身を委ねていると、また唇が重なる。

「ん、ふう」

すべてを奪うようなキスの後、口角から流れ出た唾液を舐め取られた。食べられてしまっているように感じるのは、おそらく間違っていないだろう。

「……入れるよ」

「っえ？」

少し焦ったようにそう宣言され、戸惑う暇もなく再度足を開かれる。志保を見下ろす真司の表情には先ほどの余裕はない。

視線を下に動かすと真司と同様に余裕がないように見える陰茎があり、志保は思わずごくりと喉を鳴らした。

——あれが、今から私の中に。

そそり立つものは見たこともない大きさだったが不思議と恐怖心はない。

硬い陰茎が秘部に押し付けられ、その勢いのまま、真司はゆっくりと腰を進めていく。

「ああ……っ！」

肌と肌が密着すると、伸ばした手が広い背中を捉える。ぎゅっと抱きしめると、唇を塞がれた。ぴたりと合わさった体には少しの隙間もない。視界一杯に彼が広がり、志保の目尻が熱くなった。秘部から腹の奥底までじんわりと温かい。挿入された衝撃は大きかったが、今は隙間なく抱き合えることに喜びを感じていた。

少し丸まった背中をゆっくり撫でる。今日限りと決めていたはずなのに、ぬくもりが愛しくて堪らなかった。

「っ、煽ってる？」

「……？」

吐き出されるような言葉が志保の首筋にかかる。くすぐったさに身をよじらせると、ぴったりとくっついていた体が離れていく。一気に体温が冷えるのを感じて、志保は思わず真司に縋った。

「これからだから」

髪をかき上げながら見下ろしてくる真司の壮絶な色気に、背筋がぞくぞくする。一瞬の後、下半身にずくりとにぶい刺激が走った。

「ん、ふう……っ！」

真司のゆるい動きに合わせて、短く声が漏れ出てしまう。気持ちいいが、今一つ、快楽を摑み切れない。喘ぎの中に切なさが含まれ始めたころ、真司が大きく息を吐いた。

次の瞬間、繋がった部分を起点に、抗えない快楽が全身を駆け巡る。勢いよく陰茎が引き抜かれ、そして、志保の体内に戻ってきた。それだけで志保は激しく達してしまった。先ほどのような夢の世界に連れて行ってくれた優しい絶頂ではない。灼けつくような欲望に目覚めた志保の体は快楽を求め、更なる高みを望んでいた。

「あっ、だ、め」

そんな志保を見越したように、真司は腰の動きを速める。ただ喘ぐことしかできずにいると、片足を持ち上げられ、さらに深く挿入される。何度も軽く達したが、真司にはその気配すらない。潤む瞳から一筋の涙がこぼれると、すかさず唇で拭われる。降り注ぐ愛が嬉しくて、苦しくて、切ない。

――ダメなのに。今日だけって決めたのに。

激しいセックスは志保に忘れられない幸福感を植え付けた。これからもただいまと、おかえりと言い合えるようになれたら。快楽に翻弄されながらそんな願いすら抱いてしまう。頭の隅で自分に「今日だけだから」と、言い訳をしながら志保はまた絶頂を迎える。そして秘部の奥底で、薄い隔たりごしの熱を受け止めた。

6　恋の終わりは始まり？

そのまま眠ってしまったのだろうか。スマートフォンの時間を見ると、まだ朝の四時だった。もう少し眠れると目を閉じようとして、志保は昨晩あったことを思い出す。勢いよく体を起こすと、鎖骨付近に一つの赤い跡を見つける。その跡がまぎれもなく昨晩の情事は事実だったことを教えてくれる。視線を少し下にすると、まだ眠っている真司がいた。前髪に隠れていて、はっきりと顔が見えない。自然と手が伸び、髪を払う。

──なんだか、かわいい。

精悍《せいかん》な顔つきが寝顔に隠され、幼く見える。くすくすと笑みを零すと、遅れてため息が漏れ出た。

床に転がったスマートフォンを取り、見られなかった母親からのメッセージを開いた。いつも通り、「お金が届きました」「元気ですか？」とお決まりの言葉が並んでいた。返信しようと思うがいつも途中で止まってしまう。

『元気だよ』

たったその一言を送るだけなのに、どうしてもできない。誤送信防止のためしっかりと字を消して画面を閉じる。

——みんなの『お姉さん』の仮面を取ったって私はなにも変われない。

勇気を出して一歩踏み出したとしても、何も変われない。志保は自嘲《じちょう》するように髪をかき上げる。

すると、隣で小さな唸り声が聞こえる。真司の手が何かを探している。寒さで目が覚めてしまうと思い、志保は布団をかけなおす。ゆっくりと立ち上がり、壁に掛けてあった部屋着を羽織る。

音を立てないように側に座り、眉間に皺の酔った真司の背中をぽんぽんと叩く。

——昔もよくこんな風に寝かしつけをしたな。

皺が解れ、もう一度規則的な寝息が聞こえてきたところで志保は手を止めた。

そして、真司が先ほど口にした『ただいま』の挨拶を思い出した。

志保の家族は多い。弟妹が二人ずつ。しかし、彼らと二親が同じわけではない。本当の父親の記憶はおぼろげだ。母親から志保の父親とは「若気の至りだった」とよく聞かされた。

母親は若くして志保を産んだが、志保の記憶に残るよりも前に離縁していた。それ以降、母親はスーパーのレジ係としてパートで働いていた。笑ってしまうほど定番だが、貧しく、つつましい生活だった。しかし、「ただいま」と大きな声で帰ってくる母親を迎え入れるときがこの上なく幸せだったことはよく覚えている。

『おはよう』

『ただいま』

『おやすみ』

『いってきます』

『いってらっしゃい』

母親はとにかく挨拶を大切にしていた。今でも母の元気な声が頭の中に残っている。

——いつから、かな。そんな日が崩れ始めたのは。

志保が小学四年生になった時、母が再婚相手として連れて来た男性は、優しそうな人だった。いや、本当に優しく、志保のことも本当の子供のようにかわいがってくれた。まだ若かった母は子宝に恵まれた。大きくなってできた弟妹は、本当にかわいくて志保はいつも息を切らしながら学校から帰宅した。

『ねーね』

『おねえちゃん』

目を閉じると、やんちゃでかわいい弟妹たちの姿が浮かぶ。しかし、子供が増えるということはそれだけ金銭的負担が増えるということだった。四人目の子供が二歳になった時に、母親が働いていたスーパーの社員にならないかと誘われた。母はその誘いに対して渋っていたが、志保は家計が楽ではないことを知っていた。

『二人が頑張っているのを知ってるから、今度は私が頑張るよ』

高校生になっていた志保は、そう言って母の背中を押した。

ここまで思い出して、志保は膝に顔を埋める。家族から離れこのことを思い出したのは久しぶりだったからだ。もうやめようと思ったが、一度あふれ出した過去はそう簡単に止まってくれない。

――このころからだな、お母さんが私にただいまって言ってくれなくなったのは。

社員として働き始めた母はとにかく忙しかった。幼い弟妹はまだ両親が恋しいのだろう。帰宅する二人に我先にと飛びついていった。

『志保？　どうしたの？』

お母さん、あのね、あのね。と飛びつく弟妹たちを前に志保はぐっと言葉を飲み込んだ。

『ううん。なんでもないよ。ご飯、できてる』

自分だけ家族から取り残されたような気がしていた。もちろん違うと理解していたが、一度そう思ってしまったら、どんどん素直になれなくなっていった。

そんなとき、クラスの同級生から告白をされた。仄かに恋心を抱いていた男の子で、志保は戸惑いながらもその思いを受け入れた。しかし、弟妹たちの面倒と少しでも家計の助けに、と土日にアルバイトをしていたため、彼とは中々ゆっくり会う時間を作ることができなかった。その状況にも関わらず、拙いながらも順調に愛を育んでいたと思う。しかしそんな淡い恋心はある出来事をきっかけに粉々になった。

夕方、食事の支度をしながら弟妹たちの面倒をみているときだった。手を引かれ、本を読め、一緒に遊べ、お腹が空いただのとにかく忙しい。そんな時の味方は、正義のヒーローキラキラマンだった。録りためておいたアニメを流せば下の二人はテレビにくぎ付けだった。これでよし、と小学生の宿題を覗こうとしたとき、インターホンが鳴った。

『はーい』

モニターを覗くと、先ほどキスをして別れた彼氏が立っていた。志保は驚きに目を見開き、外に出ようとした。しかし、はたと我に返り立ち止まる。宿題を一生懸命している二人。キラキラマンにくぎ付けになっている二人。エンディングテーマのキラキラ体操のお誘いが来るまで少し時間がありそうだ。

「私は、わがまま！　ママワちゃん！　我慢なんて、しないんだから！」

そのとき、ちょうどテレビからそんなセリフが聞こえてくる。

我慢なんてしない。そのセリフに志保は背中を押された。いつも、何も言わずに頑張っている。今くらいは好きな人に会いに行っても誰も責めないのではないか。

少しだけだからと自分と弟妹に言い訳し、志保はそっと外に出る。

はやる恋心をそのままに、志保は玄関に駆け出す。

『どうしたの？』

『いや、なんだか。会いたくなって』

顔を赤らめた彼氏の胸に飛び込みたいのを必死で堪える。弟たちに聞かれないようにとそっと玄関を閉じる。

『今すごく忙しいからあんまり時間がとれないんだけど……』

『うん。分かってるんだけどさ、中々会える時間も少ないしさ』

顔にはっきりと『不満だ』と書かれている。どう答えていいのか分からず、志保は曖昧に微笑むにとどまった。この話をすると、相手が不機嫌になることが増えていたからだ。

『来たら迷惑だって顔している』

『そんなことない。うれし……』

嬉しいよ、と続けようとしたが、大きな泣き声でかき消された。志保はその声に反応して振り返る。後ろから名を呼ぶ声が聞こえてきたが、かまっている余裕はなかった。

玄関を開けると、志保を追ってきた妹がたたきから落下していた。痛みからだろうか、大泣きしている。志保は慌てて小さな体を抱き上げると、額がぱっくりと割れており、血が流れ出ている。驚きに加え、痛みのせいかなかなか泣き止まない。そうこうしているうちに、ほかの弟妹も泣き出してしまう。

『ど、どうしよう。て、手当』

血が止まらないことに志保も動揺していた。妹を抱き上げる手が震え、血で汚れていく。頭を打ったかもしれない。もしそうならば、病院に連れて行かねば、とパニックになりかけたときに、母が帰宅した。

『どうしたの！』

そこからの記憶は曖昧だ。救急病院に連れていかれる妹。呆然とそれを見ていると、一瞬だけ母親と視線が合った。

怒られもせず何も言われない。ただ悲しさだけを浮かべた表情をしていた。

父も母も誰も志保を責めなかった。それもまた志保の心に深い傷を作ってしまった。玄関のたたきから落ちた妹の傷は浅いが、もしかしたらうっすらと跡が残るかもしれないと言われた。兄弟たちは、そんなことがあっても変わらず志保を慕ってくれたが、それ以来志保は自分の居場所を完全に見失ってしまった。付き合っていた彼氏ともいつしか連絡が取れなくなり、自然と関係が消滅してしまった。一度閉ざした心はもう戻ることなく、志保は卒業と同時に家を出た。

◇　◇　◇

囚われた過去の全てを思い出し、志保の目にじんわりと涙が浮かぶ。志保は家族から逃げ出した。自分では弟妹たちを可愛がっていたつもりだったが、もしかしたら心のどこかで『昔のほうがよかった』と思っていた後ろめたさがあったのかもしれない。これ以上弟妹たちと一緒にいてまたなにかあったら。そんな恐怖に囚われてしまっていた。そういう気持ちが、あのような悲劇を生んでしまったのだから。

「どうした」

大きな手が、志保の頭を撫でた。顔を上げると、ぼんやりと目を開けた真司と視線が合

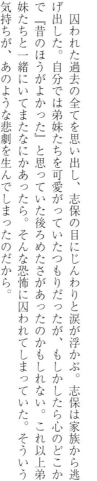

う。

「家族のことを思い出していました」

溢れ出た過去に囚われていた志保は、思わず口を滑らしてしまった。

「家族」

その言葉を合図に、真司がゆっくりと体を起こした。

「弟と妹だっけ」

「そうです。年が離れていて、とってもかわいいんですよ」

自分に言い聞かせるような口調だった。

『ひさえ』から出た給料は全て家族に送っている。毎月毎月、現金書留を送ることで細い家族のつながりが保たれているのだと信じていた。

「もう大きくなったかな。お姉ちゃんのこと忘れちゃったかな。大好きだったポテトサラダとハンバーグ。あと薄焼き卵のオムライス……懐かしいなあ」

一度開いた口は元に戻らない。すらすらと心の中に溜まっていた淀みを吐き出してしまう。

「志保は……みんなのお姉さんでいることにこだわっているな」

熱のこもった手が志保の腕を掴む。そしてその勢いのまま真司の胸に抱き留められた。

「そうしないと、私なんて価値のない人間になっちゃう」

真司の胸に頬を擦り付け、ぽつりとつぶやく。

「キラキラマンが好きだったあの子たちがいつか見に来てくれるんじゃないかって……」

「あの子……？」

「私の弟と、妹と、両親と……もう、大きくなったからそんな機会もないだろうなあ」

そこから言葉が出てこない。一夜限りの相手と割り切っていたはずなのに、こんな弱音を吐いてしまった。溢れ出そうになる涙をぐっと堪える。

「甘えて、わがままを言って」

「……え？」

「自分に価値がないなんて言わないで。君はこんなにも俺を惹きつけてやまないんだ」

「っ……」

「そんな君が愛しくてたまらないよ」

逃げ出してもなお、家族とのつながりを求めたもろい自分を真司が認めてくれた。その事実で、ずっと抱えていた悲しみが浄化されていく気がした。涙が止まらず、真司の胸板を濡らしていく。

音にならない声で、ありがとうと紡いだ。

「どういたしまして。何でも話して。君が好きだよ」

こんなにも優しい言葉は今の志保には身に余る。そんな気持ちを隠して真司に微笑む。

「ありがとうございます……」

溢れる思いが、言葉となる。涙をぬぐい、まっすぐに真司だけを見つめた。

「そこは好きって言ってほしいところだが、まあそれはおいおい」

真司の顔がゆっくり近づいてくる。

「キスしてもいい？」

小さく頷くと、乱れた髪を軽く払われる。そして、ゆっくり唇が重なった。

「毎日、君に愛を伝えるよ」

覚悟して。真司は不敵な笑みを見せる。志保はその言葉に返事をせず、笑みを浮かべて小さく頷いた。

毎日だなんて。と、甘やかす言葉に、志保の目尻が緩む。同時に唇が重なり、ゆっくり目を閉じる。また、いつもの日常が戻ってくるのだと自分に言い聞かせた。

キスが深くなることを想像していたが、真司の唇はすぐに離れていった。

「信じていないようだね」

太い指が志保の唇を撫でる。怒っているのだろうか、真司が目を細めた。

「本当の志保を見せてもらえたんだ。俺はこのチャンスを逃すつもりはない」

志保はまた曖昧に微笑み、撫でる指に自分の手を添えた。

「でも、十分です。私また頑張れます」

次の言葉を言わせないように今度は自ら唇を重ねた。

一晩の恋が終わる時間はもうすぐそこに来ていた。

7　落ちる。浮かれる。あなたのこと、聞いてもいい？

――どうしてこうなっているの？

洗い物をする志保の隣で、真司が食器を拭いている。

「志保、拭いた食器は棚に戻していい？」

「あ、はい。一番上にお願いします」

一晩限りの恋と決めた日から二週間。真司はずっと志保の隣にいた。

「あの、真司さん。本当にもう……私は大丈夫なので」

なにが大丈夫なのかは自分でもよくわかっていない。自分の決意は何だったのかと思うほど、真司は志保の生活に溶け込んでいた。体の大きい真司が１Ｋのアパートにいることにも、どこか慣れてきている自分がいた。

遅れることはあれど、毎日『ひさえ』に迎えに来てくれ、電話をしながら別れていた道も今では一緒に歩くようになっていた。

しかし、一晩限りの恋と決めた日から体をつなげることはおろか、キスすらしていない。『ひさえ』での仕事がない日はこうして一緒に食事をつくり、食べ、片づけ、風呂に入って寝る。真司がいること以外、全く前と同じだった。

「志保、片付けたから風呂に入っておいで」

「あ、はい」

「今日もお疲れ様。好きだよ」

「っ、」

流れるように愛を紡がれ、顔に熱が集まる。毎日のように繰り返される告白に、志保は振り回されっぱなしだった。

「おふろ！　入ってきます！」

高鳴る胸を隠すようにして、志保は真司の横を通り抜け浴室に向かった。浴室に入って鍵を閉めると同時に、ずるずるとしゃがみ込む。しばらくそうしていると、真司の話す声がうっすらと聞こえてくる。

——電話だ。

真司はよく電話をしている。それが日本語の時もあれば、おそらく中国語、そして英語の時もある。一支店長にそんな電話がかかってくるのだろうかと疑問に思いながらも、志保はどうしても聞けずにいた。

まるでいることが当たり前のように振舞われ、志保はどんどん流されていった。拒否することも、追い出すこともおそらく簡単だと思う。なぜなら、真司は志保が嫌だと思うことは絶対にしてこないからだ。含みを持たせて話してしまった家族のことも一切聞いてこない。

気づかれているのだろう。自分が真司の存在を嫌がっていないことに。

一度、家に帰らなくていいのかと聞いたことがある。すると、曖昧に微笑まれ「一人で暮らすのは味気ない」と言われ会話は終了した。

何かを隠しているような気がしたが、自分も真司に言えない過去を抱えているためそれ以上なにも聞けなかった。

突き放して別れを選ぶのが一番いいと頭では理解している。けれど誰かと触れ合う暖かさを知ってしまった。

『志保、ただいま』
『おやすみ。いい夢を』
『おはよう。よく眠れた？』

志保が、ずっと欲しくてたまらなかったものを、真司が与えてくれる。知ってしまった心地よさはどうしても手放したくない。

「っ、ふ、ぅ」

自分は弱い人間だ。真司に側にいてほしいとあさましくも願ってしまう。膝に顔をうずめ、必死に涙をこらえる。泣く権利なんてない。唇をぐっと噛みしめて、痛みでずるい感情を分散させる。ドア越しの遠い声に思いを馳せて、志保はしばらくそうしているしかなかった。

自分の気持ちの整理がつかないまま、日々が過ぎていく。十一月も後半にさしかかり、クリスマス色も一層濃厚になり始めている。そんなある日、めずらしくスタッフを集めた緊急朝礼が開かれることになり、何事だろうとみながざわついていた。

「えー、再来週の火曜日にKUSUMI玩具本社の方がミュージアムの視察に来ます。毎年、年明けの恒例行事でしたが、今年はクリスマスショーの見学をしたいと申し出があり、時期が早まることになりました」

例年、本社の視察は、担当者が二、三人来てミュージアム内をぐるりと回って終了、という程度の物だった。ショーを見学するなど初めてのことだった。

「スケジュールは手元にある通りです。まずはママワのおしゃれショップを見て、そのあとショーを見学するという流れです。今回は本社の方だけではなく、別会社のさくら堂の商品開発担当者も来館する予定です。去年とは違う内容ですが、ぜひとお願いされて受けることにしました」

スタッフから「どういうこと？」「さくら堂って化粧品メーカーよね？」「なんで？」と戸惑いの声が聞こえてくる。志保は渡された資料をじっと見つめる。火曜日のクリスマスショーの担当は志保だったが、書かれていた名前は絵里奈だった。

「さくら堂の方は、まだ確定ではないですが、今後の商品展開の参考にしたいようです。資料に名前が書かれている人はこの後会議がありますのでこの場に残ってください。では、解散。今日も一日お客様を笑顔にする日にしましょう」

揃った返事の後に、関係者でないものが各持ち場に散り散りになっていく。なんともいたたまれない気持ちになった志保は、絵里奈の方を見ることができずその場を後にした。

もやもやした気持ちを抱えていたものの、午前のショーは滞りなく行うことができた。いつもよりも疲労を感じながら、志保は休憩室の扉を開ける。すると、興奮した声がドアを開けると同時に聞こえてくる。

「視察だなんてどきどきします！　うまくできるか心配です！」

着ぐるみ隊が「大丈夫だよ」と声をかけると絵里奈はまんざらでもなさそうに返事をしていた。いつもなら微笑ましい光景だが、今日の志保はその輪に加われそうになかった。

「あ、志保さん！　お疲れ様です！」

屈託のない笑顔を向けられ、志保は懸命に笑顔を作る。すると、ここに座ってとばかりに隣を開けられ、仕方なく志保は腰を下ろした。

「大層な名目だけどいつも通りでいいって言われたんです。でもどきどきしますね！」

「そうだね。でも、高橋さんのショーは花があって素敵だから、そのままでいいと思うよ」

「そうですか？　でも、スケジュールを見たら、さくら堂の人だけじゃなくて本社役員が来るって書いてあって。今までそんなことありましたっけ？」

その問いに、みなが一様に首を横に振った。志保も自分の記憶をたどってみるものの、役員が視察に来たことはない。本社のちょっとお偉いさんが来る。そんなイメージでしかなかった。

「初めてのことだから、失敗できませんね！　頑張らないと！」

にこにこと笑う絵里奈からは、自信しか感じられなかった。志保は頑張ってね、と応援の言葉を口にすると、眩しい笑顔が返ってきた。あまりの眩しさに、志保は思わず目をそらしそうになった。しかし、自分の中のちっぽけなプライドがそれを許してくれない。

「はい！　志保さんに笑われないようにしないとですね！」

「きっと大丈夫よ。それと、ここでは広橋さんね」

「あ、もう。相変わらず厳しいんですから……」

やっといつもの雰囲気に戻って、志保は一人ゆっくり息を吐きだした。

◇　◇　◇

自分が『サブ』のお姉さんと突きつけられた日に限って、『ひさえ』が定休日だ。こんな日はがむしゃらに働いて布団に直行するのが一番いい。今までも自分の存在価値を失いかけた時はそうしていた。

視察があるから仕方ないとはいえ、今まで自分の担当だった平日のショーからも外されてしまった。その事実は志保に思いもよらないダメージを与えていた。

――私がいなくてもいいんじゃないのかな。

そんな後ろ向きな考えまででてしまう。

とぼとぼと家までの道を歩いていると、バッグの中から振動を感じた。手を入れてスマートフォンを取り出すと画面には真司の名前が表示されていた。一瞬戸惑ったのち、志保は通話ボタンをタップする。

「もしもし？」

『背中、丸まってる』

「え！」

まるで見られているかのような言葉に、志保は背筋をしゃんと伸ばした。

『いやなことでもあった？』

「い、いいえ。もしかして、どこかにいます？」

きょろきょろと辺りを見回す。反対側の道路に視線をやると、人ごみの中に立つ真司を見つけた。

片道二車線の道路はそれなりに距離がある。そして、十八時を少し過ぎたということもあり、人通りも多かった。

それでも志保はすぐに真司を見つけてしまった。向こうも志保が見ていることに気づいたのだろう。小さく手を振ってくる。

自分の価値を見失いかけていたときに、見つけてくれた。たったそれだけだったが、志保にとってはこれ以上ない喜びだった。

真司はいつも志保の心が折れそうなときに寄り添ってくれる。体を繋げた日以来、真司は毎日のように志保に愛を注いでくれていた。

志保はその言葉に礼を言うだけで精いっぱいだったが、今は真司の胸に飛び込んで大好きだと叫んでしまいたい気持ちでいっぱいだ。

こんな風に溢れる思いは初めてだ。志保はどうしたらいいのか分からず、黙ってしまう。

『志保？』

スピーカーの向こうで名前を呼ばれる。返事をしなければ、と思うが、こみ上げてくる思いが喉に詰まって何も出てこない。泣くな。と自分に必死に言い聞かせていないと、人ごみのど真ん中でわんわんと声を上げて泣いてしまいそうだった。

一晩で終わるはずだった一生分の恋の続きを望んでしまいそうで怖い。ずっと自分にそう言い聞かせてきたつもりだったが、生まれて初めて自分で制御できない恋心に志保は翻弄されていた。

「志保」

真司はこの地方都市に収まるような人ではない。一緒に過ごしていやというほど知ってしまった。ゆっくり顔を上げると、息を切らした真司がいた。

「どうした？　本当に何かあった？」

心配そうに志保に声をかけてくる。志保は首を横に振って何でもない、と口にした。

「なんでもなくないだろう？　俺には話せない？　話して。なんでもいいから」

「……ううん。自分には価値がないとか色々考えていましたが、どうでもよくなりました」

真司さんのおかげ。と続ける。絵里奈のことや、サブとしての役割も気にならないと言ったら嘘になるが、今はこの恋心に身を委ねていたかった。すると真司は全く納得いっていないと顔をしかめた。

「志保の価値、か」

少しだけ考えるそぶりを見せた後、真司は何か思いついたように電話をかけ始める。

「ああ、俺です。これからいいですか？　二人……ええ。あと、館内のブティックの予約も。アドバイザーもよろしく」

何をしているんだと思っている間に、電話が終わったようだ。

「何を……」

「ん？　志保がどんなに美しくて、俺にとって価値のある人なのか、その身をもって気づいてもらおうと思って」

「はい？」

聞いたことに対しての答えに全く納得がいかない。すると、そんな志保の疑問を置き去りにするかのように、真司は志保の手を引いた。

「さ、行こう。予約の時間も迫ってるからタクシーで」

「え、ちょ、待って！」

手を挙げた真司の前に、すぐに一台のタクシーが停まった。開いたドアに押し込まれると、真司はすぐ行先を告げた。

「あの、どういうことですか？」

「俺は志保にわがままを言ってほしいんだ」

「……意味がわかりません」

「言ってもらうためには、俺もわがままを言わないといけないと思って」

会話がつながらない。それが表情に出ていたのだろう。真司が小さく吹き出したあと志保の頬を撫でた。

「最近はいろんな顔を見せてくれるようになったな」

真司の手に頬が包まれる。薄い肌を通して伝わる熱に、志保の腹の奥がうずく。

「怒ったり、楽しそうだったり、戸惑ったり。志保は意外と感情表現が豊かだ。でも、本当に言いたいことは飲み込む癖があるな」

確信を込めた口ぶりだった。自分の都合の悪いことを言い当てられて、志保は真司の手から逃れる。

「言ったろ？　甘えてほしいって。でも、中々甘えてきてくれないからなあ」

強行突破だ。そう言って笑う真司の表情がとても生き生きしていた。

真司は感情を顔と言葉に出す素直な人。しばらく一緒にいて志保はそんな風に思っていた。楽しそうな真司を見ていると、不思議と自分の気持ちも浮上してくる。端正な横顔をじっと見つめていると、志保の視線に気づいた真司がこちらを見る。

「忘れてた」

「え？」

「ただいま。今日もお疲れ様」

その言葉に、志保の胸がぐっと詰まる。志保がずっと欲しくてたまらなかったものを真司はすぐに与えてくれる。何度言われても慣れず、胸が熱くなる。

――苦しい。真司さんが好きで、苦しい。

自覚した恋を制御するのがこんなにも難しいのかと志保は自身の感情に翻弄されていた。返事をしなければと、志保は詰まる胸に手を添えてゆっくりと息を吸う。

「お、おかえりなさい」

間違いを恐れるような細い声だった。すると、大きな手が志保の頬を撫でた。

「そろそろ慣れてほしいなあ」

おどけたような言い方に、志保はハッとする。その顔には寂しいと書かれていた。

「おかえりなさい！」

「わっ！」

先ほどとは違いはっきりした声になってしまった。狭い車内に響いた声に、一番驚いたのはタクシーの運転手だった。

「あ、ああ！　すみません。ごめんなさい。びっくりしましたよね」

「いえ、いいんですよ」

他の人がいる場所で自分はなんてことを。志保は恥ずかしさのあまり両手で顔を覆う。

「……びっくりした」

少し遅れてそんな言葉が聞こえてくる。そろそろと顔を上げると、ゆるゆるな顔をした真司と視線が合う。嬉しさが表情に出ていて、志保はさらに恥ずかしくなってしまう。胸が急に高鳴り、考えが追いつかない。

——どうしてこんなに嬉しそうなの⁉

ただおかえりって言っただけなのに。

「志保が頑張ってくれたから嬉しいんだよ」

顔に流れてきていた髪に優しく指をかけ、耳にかけてくれる。

「耳まで真っ赤だ」

そのまま太い指が志保の耳を撫でた。耳を通して、熱が体を巡る。びくりと体を震わせると、今度は首筋を撫でてくる。明らかに情事を思い出させるような動作に志保の体はすぐに反応してしまう。

しばらくされるがままになっていると、手がゆっくりと離れていった。その手を視線で追うと、じっとこちらを見つめる真司と視線が絡んだ。

「っ」

その視線には体を繋げた日と同じ情欲が宿っていた。あの日以来そう言った雰囲気にはまったくならなかった。どうして、と戸惑っていると、真司が先に視線をそらした。

――あ……

嫌がられた。志保は思いのほか自分がショックを受けていることに気づく。恥ずかしい、嬉しいと悲鳴を上げていた胸の高鳴りが、今度は嫌な音を立て志保の中を巡る。思わず手を伸ばしそうになった瞬間、あるものを見つけてしまった。

「耳が、赤い」

思っていたことがそのまま口に出た。はたと気づき口を押えると、ゆっくりと真司が振り返る。

「志保の馬鹿」

俺だって我慢している。と、真司が小さな声で続けた。拗《す》ねたような口調に、志保は思わず吹き出してしまう。

「ふふ、馬鹿なんて久しぶりに言われた」

いつも余裕のある真司が見せたかわいらしさに笑いが止まらない。やっと治まったところで、こつんと頭に軽い刺激。

「うん。やっぱり笑うとかわいい」

言葉と真司が見せた笑みに、志保はまた顔と耳を赤に染めた。それと同時に、真司の色々な顔を見られるのは自分だけだという静かな独占欲が芽生える。そしてそんな独占欲の奥に見つけた傲慢《ごうまん》な考え。

志保は浮かんだ考えを隠すように、表面だけの笑みを浮かべた。

タクシーが停まり、「お騒がせしました」と志保が謝ると、仲良しでいいね。と優しい笑みを向けられた。志保がまた顔を赤くしていると、真司に手を引かれた。

「さて、行こうか」

「ど、どこへ」

「うん？　言っただろう？　俺のわがままを聞いてもらうって。いつも綺麗な志保をより美しくしてみんなに見せびらかす」

先行く真司に手を引かれ、志保の足が自然と前に出る。それでも志保のペースに合わせてくれている。情欲をすっかり隠した真司はいつも通りだった。しかし、志保は先ほどの視線を忘れられなかった。

――最近、自分の気持ちを理解できない。

奥底に目覚めたうずきをどうしても隠せない。顔を見られたらすぐにばれてしまいそうだと志保は下を向く。

そんな風に自分の感情と向き合う余裕もないまま前に進んでいると、「お待ちしておりました」と優しい声に出迎えられる。その声に志保はパッと顔を上げる。視界に飛び込んで来たのは、きらびやかな照明と普段の自分とはかけ離れた空間。

「え？」

俯いていたため気づかなかったが、どうやらホテル内のブティックに着いたようだ。志保は場違いな自分が恥ずかしくなり、尻込みしてしまう。しかし、いつのまにかつないだ手が離れ、隣には知らない女性が立っていた。

「では、よろしくお願いします」

「はい。お任せください」

真司と知らない女性のやり取りで視線を行ったり来たりさせていると、どこかに押し込まれた。

「え？」

「試着室ですよ。どうぞそこのソファにおかけになってください」

見たことのないような広い試着室だった。自分の部屋くらいあるのではという広さに、志保は驚く。カーテンは開いており、改めて店内にある服や小物を見つめる。自分とは縁遠い高級そうな服や小物。ひらひらのシフォンブラウスとデニムのアンクルパンツで来るような場所ではないことだけは明らかだった。場違いな自分を恥じつつも、少しだけ心が浮きたってしまう。

「素敵……」

「そうでしょう？　全国、時には世界からこれというものを集めているんですよ」

そう説明されて、志保は何度も頷く。カーテンが閉められ、女性と二人きりになると、急にソワソワしてしまう。

ママワちゃんも大好きだったが、本当は年相応のおしゃれをしてみたい。心の奥底に眠っていたわがままが飛び出したいとうずうずしている。

――きっと、真司さんには見抜かれていたんだ。

半分強引に連れてこられたが、決して嫌ではないのが困ってしまう。志保が本当に嫌だと思う部分には踏み込んでこないのだ。人との距離感を見誤らない真司は、つくづく大人な男性だと思った。

真司に恋心を抱いていると、もしかしたらという考えにたどりつく。自分の何が真司の興味を引いたか分からない。しかし、志保の欲しいものをいつでも与えてくれる。

――自分は愛されている。

先ほど芽生えた考えはひどく傲慢《ごうまん》なものに思えた。なんの気まぐれか分からないが、自分に注いでくれる愛に嘘を感じない。だからこそ、とても質《たち》が悪い。

志保の恋心を知っても、真司はきっと受け入れてくれるだろう。しかし、いつか来るかもしれない別れを想像すると心が竦《すく》む。以前の彼との悲しい別れが志保の心をいっそう臆病にする。

「すごくスタイルがいいですね。何でもお似合いになりますよ」

心の痛みに向き合っていると、知らない間にスタッフにサイズを測定され、試着室に数着の服が運ばれてくる。

「えっ、あの……？」

「あなたの美しさを引き立たせてほしい。と、久住様からご依頼がありまして」

「……え？　私を、ですか」

「ええ！　電話でご依頼を受けた時には驚きましたが……こんなに美しい方だと腕がなります！」

次々と服を体に当てられる。楽しそうなスタッフに、志保はされるがままだ。服はどれもこれも見たことのないような素敵なものばかりだった。

「本当に何でもお似合い……私としてはこの二つがおすすめですがいかがでしょうか？」

そう言われて鏡越しに見たのは、全く対照的なデザインの二着のワンピースだった。

「こちらは、落ち感がきれいなケープワンピースですね。ウエストが締まっているので体のラインがしっかり出ます。サイドラインビジューがライトに当たるとキラキラ光って……ほら、美しいでしょう？」

ていねいに解説されて、志保は鏡にくぎ付けになる。少しくすんだアクアグレイのワンピースには、サイドビジューが折り重なるように体のラインに沿って付けられていた。女性が光を当てるように服を揺らす。ビジューが光を反射し、眩しさに目がくらみそうだ。

こんな華やかなドレスを自分が？　と志保はたじろぐ。

「少しハードルが高いですかね？　でも、とってもお似合いだと思いますよ。服が少しくすんだ色なので派手さもありません。メイクはレッド系にして……」

そう言われても。志保はこれを身に着けた自分を全く想像できなかった。

「では、もう一つの方を。先ほどより少しカジュアルですが、こちらも素敵ですよ」
志保の戸惑いを見抜いたスタッフが別のワンピースを見せる。ライトシトロンのニット
ワンピースは先ほどよりも着やすそうで、志保はホッと安堵の息を吐く。
「明るいお色で、形も素敵なんですよ。ニットといっても、目が詰まっているのでかっち
りとした印象です。スカートの裾だけフレアになっているので、フェミニンさも出ます
よ？」
どちらになさいます？　と聞かれ、志保は迷わずニットワンピースを選ぼうとした。ス
タッフも志保がこちらを選ぶと思っているだろう。しかし、いつも若者向けの店で買い物
をしていた志保にとって、一着目のケープワンピースは輝いて見えた。みんなの『お姉さ
ん』ではなく、志保個人の憧れる大人の女性の象徴。
――久住さんの隣に立つなら。
恋心に翻弄されて、自分の気持ちを見失っていた。しかし、志保の中に生まれた小さな
願い。真司の隣に立って似合う女性になりたい。家族や、ミュージアムにくる客のためで
はない。初めてといってもいいかもしれない、自分のために何かしたいという思いが芽生
えた。
しかし、志保に決断することは難しい。
似合うだろうか。恥ずかしい思いをしないだろうか。人に何か言われないだろうか。
「……お悩みのようでしたら、私の意見を述べてもよろしいでしょうか？」

思い悩んでいた志保に、柔らかな声がかけられた。

「お世辞ではなく、本当にどちらもお似合いですよ。ただ、」

スタッフがアクアグレイのケープワンピースを志保の体に当てる。

「少し驚かせてみたいと思いません？」

「おどろ、かす？」

スタッフがええ、と頷く。志保より少し人生経験が豊富そうな美しい女性が、明るい笑みを浮かべて志保を見つめる。この人の言うことならば間違いないと思わせてくれる説得力があった。

「電話の様子だと、少し強引に連れてこられたんじゃありません？」

「よくおわかりですね」

「ええ。ああいうときの男性は少しばかり強引で、こっちの都合なんてお構いなしだったりしますよね」

「……あなたも同じような経験が？」

志保の問いに、スタッフはにっこり微笑むだけだった。志保の味方になろうとしてくれる女性の左手薬指には指輪がはめられている。きっとその経験は女性にとって素敵なものだったのだろうとすぐに推測できた。

「あの、私」

自分もそんな素敵な経験ができたら。と隠しきれない思いが芽生える。

「素敵な彼女を見せびらかしたいと久住様はおっしゃってました。そんなことを気楽に言ったことを後悔させてやりましょう」

とん、と背中を押された。志保は進めなかった一歩を今踏み出したような気がした。

◇　◇　◇

「準備ができました」

着替えからメイクまで全てを施され志保の支度は完了した。あっという間だったような気がしていたが思いのほか時間がかかっていたことに気づく。慌てて試着室から出ようとしたときスタッフに止められた。

「え……？」

「ここまで来たら、うんと焦らしましょう。ね？」

先ほどのやりとりですっかり彼女を信頼した志保は言われたままに頷く。

「広橋様は、姿勢がとてもいいです。それだけでもとても美しいのですが、重要なのは視線です。すこし俯き加減に出て行って、恥じらいながらゆっくり顔をあげてください」

「は、はじらい？　うつむき？」

「……難しいようでしたら、『好き』を目に込めて」

「……好き」

「そう。そこでちょっと、余裕を持てるといいわね。相手が驚いたりしたら、ただ微笑むの」

「……微笑む」

恋愛偏差値が高くない志保にとって、彼女の言うことは半分も理解できなかった。好きを込めても大丈夫だろうか。そんな不安な思いが駆け巡る。

「大丈夫ですよ」

優しい声が志保を後押しする。

「久住様、待ちきれなくてそわそわしていますよ？　あなたが出てくるのを」

「本当、ですか？」

ええ。と頷かれる。志保は、自分の戸惑いも恋心も全てを受け入れてもらえるような気になった。それほど女性の返答には説得力があった。そのことが嬉しくて、志保は自然と笑顔になる。

「それ、それですよ。素敵な笑顔です」

そういって試着室のカーテンが開かれた。明るい室内のライトのまぶしさに、志保は目を細めた。

「久住様、お待たせしました。いかがでしょう」

店員が先に出て、志保は慌ててそのあとを追う。体にぴったりと沿ったケープワンピースは見た目に反して動きやすい。しかし、慣れないピンヒールのせいか足元がおぼつかない。サイドラインビジューに合わせて、同系色のシルバーブルーの靴だ。初めて足を入れた時の高揚感を志保は一生忘れないだろう。白のエナメルクラッチバッグは、くすんだアクアグレイによく似合うものだ。髪は軽く巻いてサイドに流しただけだが、志保のおぼつかない足取りに合わせて優雅に揺れていた。唇を彩るリップは鮮やかに赤く、少し気恥ずかしい。

スタッフについて行くと、真司の姿が目に入った。備え付けのソファに、優雅に足を組んで座っている。スタッフと話しており、こちらには気づいていないようだ。志保が来たとわかったのか、顔をこちらに向ける。

『視線に好きを込めるんですよ』

ふと、店員に言われた言葉が蘇る。背筋を伸ばし、うつむいていた顔を上げる。少しでも真司に似合う女性になれるように。これまでコートに隠していた、若作りコーディネートではない。年上の素敵な女性と選び、似合うと褒めてもらった上等のワンピースだ。

「……っ」

真司が目を見開いている。似合っていないのだろうかと少し心配になった。ばくばくと大きく脈打つ心臓を感じながらも、志保はゆっくりと微笑む。

「ど、どうでしょうか？」

声が震える。一生懸命作った笑顔はきっと歪んでいるだろう。それでも、志保は真司への気持ちを視線に込める。

真司が何も言わないので、志保はやはり似合わないだろうかと俯いた。高いヒールと同じように背伸びをしすぎただろうかと後悔し始めたとき。ガタン、と大きな音がした。何事かと思い顔を上げると、大股でこちらに近づいてくる真司の姿があった。鬼気迫る勢いを感じて、志保は思わずたじろいだ。

「……志保？」

「……は、はい」

真司の手が肩に置かれ、まじまじと見つめられた。

「……驚いた」

「え……？」

「あんまり綺麗だから、驚いた」

心臓が止まるかと思った、と真司が続ける。今度は志保が驚く番だった。ぱちくりとまばたきすると、緊張していた体がゆっくりとほぐれていく。

「やりましたね！　広橋さん！」

「やられました」

スタッフと真司のやり取りをぼんやり聞いていると、腰に手が添えられた。

「綺麗だ。すごく」

「っ！」

ストレートな誉め言葉に、志保の頬が熱くなる。じっと見つめられ、視線をどこに持っていったらいいのかわからない。結局、ありがとうとお礼の言葉を口にするしかなかった。

「お会計はホテル代金と一緒にしておいてくれ」

「かしこまりました」

「え、あ！　ありがとうございました！」

手を振るスタッフに志保は頭を下げる。腰に添えられた手が急かすように志保をエスコートする。

「あ、ワンピース代を……！」

志保は慌てて財布を出そうとバックに手を伸ばす。しかし、真司の手がそれを止めた。

「これは俺のわがままだから、そんなことしないで」

「わ、わがままにしては度が過ぎている気がします」

「んーじゃあ、一つお願いを聞いてもらおうかな」

少し考えるそぶりを見せた真司が、目を細めた。志保は頷くと、真司は美しい笑みを見せた。

「俺の手を取って、側を離れないで」

それがお願い？　と堪らずつぶやく。すると、真司は心外とばかりに肩をすくめた。

「俺にとっては重要なことだよ。近くにいなければ不安で仕方がない」

「……それは、どうして？」

志保は一歩踏み込み、まっすぐに真司を見つめる。

「まいったな。言わなきゃ、ダメ？」

「できれば」

知りたいと思った。真司の考えることを。恋をして、自分はどんどんと欲張りになっている。

「そうだなあ」

その言葉と同時に顔が近づき、吸い込まれるように唇が重なった。小さなリップ音とともに、唇が離れていく。久しぶりの触れ合いに、志保は驚くだけだった。

「……こんな風にキスしたくなるような美しい女性が、見えない所に行くのが堪らなく心配だから……かな」

志保のリップが色移りした唇を、真司が親指の腹で拭う。彼にとっては付いたリップを拭うだけの行為だろう。しかし、志保にとってはそれすらもセクシーで目が離せない。

「そんな……そんなのって」

「わかってるよ。嫉妬だってことは。志保が美しいってことをみんなに見せびらかしたかったけど、それどころじゃなくなった」

腰に手が添えられた。志保も、意識的に体を寄せる。

「誰にも見せたくない……今日は、みんなの『お姉さん』じゃなくて、俺だけの志保」

「いいんでしょうか……あの、わたし」

戸惑いを隠せずにいると、真司がもう一度顔を寄せてくる。

「俺に見せたいって思ってくれたんだろう？」

「……はい」

素直に返事をすると、真司が満足したように頷く。

「それなら、いいに決まってる」

あまりにも自信満々に言うので、思わず笑ってしまった。

「あ、笑った」

「だって……私のことなのに」

漏れ出る笑いをこらえきれずにいると、すねた声が隣から聞こえてくる。それがまた志保の笑いを誘った。

「……男なんて、みんなこんなもんだ」

「そうなんですか？　初めて知りました」

素直に感想を伝えると、腰を掴む手に力が入った。

「そうだ。でも、志保がこれから知るのは、俺のことだけでいいから」

まるで命令するような口調だった。志保が頷くと、腰の手の力がやっと緩んだ。大好きなウッディの香りが志保から理性を奪っていく。

「そろそろいい時間だ。食事にしよう」

「どこに行くんですか？」

その問いに真司が笑みを浮かべる。

「中華にしたんだ。コースもうまいけど、今日はアラカルト」

好きかと聞かれ、志保は頷く。しかし、同時に中華料理のしびれる山椒と刺激的なトウガラシの辛さを想像してしまう。まだ食べてもいないのに、舌がしびれるような気がした。

「辛いのは苦手？」

「いえ、そんな」

顔に出てしまったと気づき、志保は首を横に振る。真司が腰を屈めてじっと見つめてきた。顎に手を当て、まるで探偵のようなしぐさだ。こういう時の真司は、志保の心をすぐに見透かしてしまう
「ん～……苦手でしょう？　まず、いつも作ってくれる料理は薄味が多い」

いきなり始まった推理に志保は驚く。

「次に、刺激物が少ない。せいぜい、にんにく、しょうが、がいいところだ」

当たっている。志保は感心しながら、頷く。

「そして、弟妹たちの食事を作っていたから、子供が苦手なものは作らないはずだ。プラス自分も苦手」

どう？　と真司がにこにこと笑いながら答え合わせを求めてくる。もちろん、すべて正解だ。弟妹たちは辛味、渋み、酸味が好きでなかったため、なるべく避けるようにしていた。何を隠そう、志保自身辛いものが苦手だったのもある。

「正解です」

志保は素直にそう答えた。目の前の探偵もどきが小さくガッツポーズするのが少し悔しかったけれど。

「やった。じゃ、安心して。今日は広東料理だから」

「広東……？」

「そう。食在広州《シーザイグワンジョウ》。食は広州にあり、って聞いたことない？」

真司が言葉の由来を説明してくれる。中国の理想の一生を表した言葉の一部らしい。中国人として生き死にするからには、清らかで美しい蘇州に生まれ、杭州の美しい絹織物で作った服を着て、広州で三食旨い食事を食べ、最後は柳州産の立派な棺桶に入って死ぬのが理想的。そんなことわざらしい。最後は質のいい棺桶に入ると聞いて、思わず吹き出してしまった。

「棺桶のことまで考えるなんて」

「生まれたからには立派に暮らしたい。中国の人々の理想が込められていると俺は思うよ。俺も仕事で彼らと話すことがあるんだが、強《したた》かで向上心が強い。大雑把なところもあるが、真面目な人も多いよ。自分ももっとやってやろうっていう気持ちになる」

仕事の話になると志保には相づちを打つことしかできなかったが、熱心に話す真司を見ているのは楽しかった。話しながら歩いているうちに、レストランにたどり着く。

「予約していた久住です」

「お待ちしておりました。お席にご案内します」

パッと見中華料理屋に見えないすりガラスの自動ドアをくぐる。薄明かりが灯った店内は、平日のせいか人もまばらだ。黒を基調としたシックな店内は、街中の中華料理店のようなにぎやかさはない。しかも、案内された席はテーブルの並ぶ一般席ではなく、贅沢《ぜいたく》な個室だった。

「こちらです」

「ありがとう」

小さなテーブルと、椅子が二脚。塗りのしっかりした木製の椅子二つは、寄り添うような形で置かれていた。テーブルの向こうにはライトアップされた中庭が見える。季節柄木の葉は落ちてしまっていたが、落ちた葉の色どりに風情があり、冬の初めらしい雰囲気を演出していた。小さな扉もついているから、外に出られるのかもしれない。

志保があたりを見回していると、真司が腰に手を当ててきた。

「座ろう。夜の庭も中々素敵だろう?」

「あ、はい……」

こういう店に不慣れなことはもうとっくにバレているだろう。志保が座ると真司も隣に腰を下ろした。

「何が食べたい?」

「えっと……」

メニューには辛そうなものはなさそうだ。馴染みのある料理が並んでおり、肩の力が抜ける。

「何でもいい。は、なしね？」

まさにそう言おうとしていた志保は逃げ道を塞がれ、メニューをのぞき込んだ。時間もないため、あまり重たいものは……と考え、志保はメニューの真ん中あたりにある料理を指差した。

「この、あんかけ麺がいいです」

「ん、わかった。他にもシェアできるように何か頼もう」

そう言って真司が振り向くとすぐにウェイターがやってくる。メニューを決めることができてホッとしていると、注文の終わった真司がじっとこちらを見つめていた。

「あんかけ麺好き？」

「あ……実はあまりたべたことがないんです」

「ここのは海老やホタテがたくさん入っていて美味しいよ」

「そうなんですか！　私、海老が好きなんです」

好きなものの話になったせいか、声が少し弾んでしまう。

「海老？」

「そう。海老です。自分ではなかなか料理をして食べないし……」

そこまで口にして、今の大人っぽい格好に似合わないことを言ってしまったと後悔する。格好ばかりが背伸びをしても、中身が追いついていかない。

「志保の『好き』を初めて聞いた気がする」

「え……？」

そっと手を取られる。

「ママワちゃんを好きだと聞いたときも、はっきりと好きだと言わなかった。志保の好きをもっと知りたい」

ちゅ、と手の甲に唇が落とされた。

「私の、好き……？」

「そう。何でもいいよ。好きな女性のことなら何でも知りたい」

手の甲に頬ずりされ、優しい触れ合いに、志保の心が緩む。

「さっきも言ったように、海老が好きです……」

「うん、俺も好き」

続きを促すように指が絡む。

「あと、甘いものも好きです。体形維持のため、あんまり食べられませんが……」

「うん。でも、家でしっかりトレーニングしているよね」

相槌を打ってくれる真司に、どんどん好きなものを口にしていく。

「あとは、ママワちゃんですね」

「うん」

「はい。自由で、自分の思うとおりに……わがままに生きる姿には憧れます」

絡む指を強く握られた。

「うん。俺の前では、『私はわがまま！　ママワちゃん！』でいていいよ」

急にマワワちゃんの物真似を始めた真司に驚き、志保は目を丸くした。

「似てた？」

「っ、ふふ、全然似てません」

そうかあ？　と真司が首を傾げる。そのしぐさがまた志保の笑いを誘う。笑いすぎて目尻に涙が浮かび、人差し指で拭った。

「それから？」

「えっと、今日……気づきましたけど、こうやっておしゃれをするのがすごく好きです」

そっかあ、と真司が嬉しそうに目元を緩めた。真司が笑うと、志保も素直に嬉しい。

「だから……今日はありがとうございます。すごく、嬉しい」

改めて礼を口にする。すごく素敵なワンピースで、まるで生まれ変わったようだと続けると、長い指が志保の髪をひと房掬う。

「うん。志保が喜んでいると、俺もすごく嬉しい」

髪で遊んでいた指が離れ、さらさらと肩口に流れていく。大人の余裕を見せつけられたような気がして、志保は経験の差を思い知らされる。いい格好をしてもいつまでも真司には追い付かないような気がしてしまった。

「それで？　もう一つ、忘れていない？」

「え？」

「志保の『好き』」

そう聞かれ、今度は志保が首を傾げる番だった。何か、忘れている？　考えていると、目の前の男性がにこりと笑みを深めた。

「……あ、」

真司は何かにつけて、志保に愛の言葉をくれる。しかし、自分は何も口にしていない。それどころか、隠さなければと思っていたほどだ。少年のように茶目っ気があり志保を理解しようと歩み寄ってくれる真司に、どうしようもなく恋をしているというのに。自分の思いを口にするのは怖かった。

「俺のうぬぼれじゃなければ、志保も同じ気持ちだと思っているんだけど」

「……」

熱のこもった目で見つめられる。

――ああ、もうだめだ。

頭で考えるよりも先に言葉が出ていた。

「好き、私は、真司さんが好き」

真司の顔に浮かんでいた笑顔が一瞬で消え、頬に赤みがさす。耳まで真っ赤になり、口はぽかんと開いている。鈍感な志保でもわかりやすい反応だった。

「もしかして……照れてます？」

「ちょっと、見ないで。そんな素直に言ってくれると思わなかった」

口元を手で覆っているが、相変わらず顔が赤い。つられて自分の頬が熱くなる。好意を伝えるのは難しい。今まで散々悩み、否定してきた気持ちが驚くほど簡単に出てきてしまった。自分の気持ちを制御できないことを恥じる。

格好ばかり大人になっても、中身はまだまだ成長しなくてはいけないようだ。でも、気持ちを伝え、受け取ってもらうのはとても幸せなことだった。志保は、それを知らなかった。

――言ってしまった。

どうしよう。という思いよりも、やっと言えたという安堵が勝った。隠しきれない恋心は、今志保の中から溢れ出す。

――一生分の恋をしよう。今、これから。

溢れだした思いは誰にも止められない。こんな素敵な男性を目の前にして抵抗できるはずない。この恋心と気持ちを受け取ってもらえた幸せがあればまた頑張れる。そんな決意が志保の中に芽生えた。

「私は……真司さんに伝えられてとっても幸せです」

絡めた指に熱がこもる。まっすぐに見つめられ、胸がときめく。

「俺もだよ。すごく幸せだ」

真司の声に応えようとして、ふと先ほど言われた言葉を思い出す。ただ思いを込めて微笑むのだと。

　口角を自然に上げ、まっすぐに真司を見つめる。自然な表情だったかはわからないが、志保なりに精いっぱい微笑んだつもりだった。

「っ、」

　視線が合うと、真司は言葉に詰まって俯いた。それをみて志保はうまくいったのだと自覚した。

「ふふ、真司さん、面白い顔をしてる」

「……勘弁してくれ」

　真司が白旗を上げたところで、飲み物が運ばれてきた。目の前に置かれた琥珀《こはく》色の液体からほんのりとアルコールの香りがする。普段あまり酒を飲まない志保は、素直にそのことを真司に告げた。

「大丈夫。口当たりもいいし、飲みやすいと思うから。水も一緒に頼んだから交互に口にして」

「わかりました」

　進められるがまま、志保はグラスに口をつける。口の中で弾けたあと、フルーティな香りが鼻を抜けていった。

「おいしい……」

「よかった。たまにはいいだろ？　大人の付き合いにお酒はつきものだから」

「はい。たまには、ですけどね」

軽く酒が入ったことで志保の口も軽くなる。志保が笑えば、真司もまた笑みを返してくれる。幸せな時間が流れていると、次々料理が運ばれてきた。

「きたきた。さあ、食べよう」

大皿に乗った料理がテーブルに置かれる。志保は取り分けようと手を伸ばすと、真司に止められた。

「ここは俺にやらせて」

そんなわけにいかないと言えば、「今日は俺がわがままを言う日だ」と真司は一歩も譲らない。志保がしぶしぶ引き下がると、真司が嬉しそうに料理を小皿に乗せた。

つやつやの蒸し鶏に濃厚そうなゴマだれがかかっている。彩りに添えられたきゅうり、レタス、トマトもみずみずしい。

「すごい。おいしそう」

皿に盛られた料理をじっと見つめる。

「はい。あーん」

「っ、え」

目の前に差し出されたのは真司が取り分けていた料理だ。おいしそうな鶏もも肉と真司の間で視線を行ったり来たりし、促されるまま料理を口にする。

ねっとりとしたゴマの風味とぴりっとした辛みの後に、しっとりとジューシーな鶏もも肉のうまみが広がった。

「美味しい？」

「ふぁい。おいしい、です」

もぐもぐと咀嚼《そしゃく》していると、次、と言わんばかりに料理を差し出される。

「自分で食べられます」

戸惑いを口にすると、真司は本当に楽しそうに声を上げて笑う。見せてくれる表情一つ一つが愛おしく思える。

志保は気持ちを伝えられたというだけで、不思議に心が満たされるのを感じていた。拙い告白だったかもしれないが、子供の頃からずっと自分の気持ちを我慢して生きてきた志保にとってはすごいことだった。母親にも、新しくできた父親にも、弟妹にも、口にして伝えたことなどなかった。言わないでわかってもらおうなんて、到底無理な話だというのに。

少し前の志保ならば、こんな前向きな考えにたどり着かなかった。いずれやってくるであろう別れを想像するのはとてもつらい。けれども、一生分の恋をしようと決めた志保の気持ちはひたすら真司に向かっていた。

「すごいなあ」

「ん？　どうした？」

「恋ってすごいなあ。真司さんといると自分が前向きになれる」

真司の手から箸が落ち、皿を叩き、軽い音を奏でた。

「もう一回言って」

「……前向きになれた？」

「違う。その前」

「……真司さんのおかげ？」

「違う。もう一つ前」

「……恋ってすごい？」

床に落ちた箸を拾おうとした志保は顎を掴まれ、真司の真剣な目と見つめ合った。

「志保は、俺に恋をしてる？」

「え？」

自分は告白したつもりだったが、伝わっていなかったのだろうか。真司の驚きぶりに、志保は目を丸くする。

「もう気づいていると思うけど、俺は志保が好きだ。これからもずっと幸せな時間を共有していきたい。だから……もう一回、志保の気持ちを教えて」

志保は真司を見つめ、ゆっくり口を開いた。

「……真司さんが、好きです」

お互いの息が交じり合うよう距離で、愛を紡ぐ。返事の代わりに、唇がゆっくりと触れた。

「志保。好きだ」

愛の言葉をささやかれるたびに、キスも一緒に落ちてくる。嬉しそうに微笑む真司を見て心がうずく。満たされるようでどこか足りない。このような感情を何と言ったらいいんだろうか。

この人のことをもっと知りたい。そして、自分のことももっと知ってほしい。

「真司さん、あのね。あなたのこと、もっと聞いてもいい？」

力強い声で、もちろん。と返ってきた。志保は嬉しさを隠すこともせず、じゃあ、と言葉をつづけた。

「さあ、何でも聞いて？」

「改めて言われると悩みますね。うん、と、誕生日とか」

「一月二十三日。いち、に、さん。覚えやすいだろう？」

「本当！　みんなに覚えてもらえますね」

次は、と考えると聞きたいことが次々と浮かんでくる。好きな食べ物はと聞けば、意外にも鶏のから揚げとかわいらしい返答だった。

「今度、作ってもいいですか？」

「もちろん。すっごく食べたい。志保の作ったから揚げ」

楽しみが増えたという真司の笑顔に、志保も顔をほころばせた。未来の約束をすることがこんなにも幸せなのだと知った。

趣味や好きなもの。おいしい料理を食べながら、二人の会話は途切れることがなかった。

◇　◇　◇

食事が終わる頃には、志保は夢心地だった。普段あまり飲まない酒を口にしたせいか、足取りが少しおぼつかない。中庭につながるドアを開けると、冷たい風が頰を撫でる。自分の故郷よりもずっと冷たい冬にもすっかり慣れてしまった。

「転ばないように」

「大丈夫ですよ」

背伸びをして履いたヒールでタイルの上をゆっくり歩く。枯れた落ち葉を拾い上げると、振り返って真司を見た。

「大きな枯れ葉でね、弟や妹とお面を作ったりしたんですよ」

昔の楽しかった思い出が蘇る。酔っていると自覚していたが、喋《しゃべ》りだした口は止まらなかった。

「大きくて丸い葉っぱでキラキラマンのお面を作って、ごっこ遊びをしたりしました」

「へえ……」

「公園で枯れ葉を見つけると、ほっぺたを真っ赤にしながら私のもとに走ってくるんですよ」

枯れ葉の柄をもってくるくると回す。お姉ちゃん、と呼ぶ声が今でも耳に残っていた。

「志保は、帰りたい？」

「え……？」

「家族のもとに帰りたい？」

そんなことを考えたことはなかった。家族を傷つけた自分は帰れるはずがないと思い込んでいた。自分の家は、もう帰る場所ではない。志保の中ではそう結論がでていた。

「志保がときどきそうやって思いだすのと一緒で、向こうも志保のことを考えているんじゃないか？」

「……どうだろう……そうだなあ。でも、私にはここにしがみつくことしかできない……」

昼はミュージアム。観客のほとんどいないステージに向かって手を振り、歌い、笑う。夜は小さな食事処で働く。何年も繰り返してきた生活は志保が自分を守るための物で、その中から抜け出せるとは思えなかった。

「……こわいなあ」

自分が変わること、何かが終わること。想像すると、恐怖が湧いてくる。一歩踏み出せば世界は輝いているはずだと、信じられたらいいのに。

「俺が隣にいるよ」

この人にこのまま寄りかかって、依存して生きていけたなら何も考えずに済むのに。そんな風に思ってしまうほど、真司のそばにいると安心できた。

「ありがとう」

志保は広くたくましい肩にそっと頭を寄せた。

紳士的な振る舞い。洗練された言葉遣い。電話をしているときの知らない言葉。真司を知れば知るほど、こんな地方の片隅にいる人ではないと思い知らされる。

そして、先ほど聞けなかった家族構成。どんな家族？　と聞くのが怖かった。自分との決定的な差を知ってしまいそうだった。

薄氷の上に立つような幸せな時間を、今は少しでも長く感じていたい。

肩から伝わる温もりを感じながら、そんなことを思った。

8　遠い背中

「上に部屋を取った」

一緒に来てほしいと言われるのは当然のことだと思った。志保はその誘いに応え、エレベーターを待っていた。素敵なワンピースと、おいしい食事。そして自分の思いを伝えた志保は、自分の意思で真司の側にいた。

腰を支えられ、エレベーターに乗る。その後ろからビジネスマンらしき人たちが数人乗り込んできた。乗った人全員が回数ボタンを押した後、真司がカードキーを差し込む。すると、表示されていなかったボタンが点灯した。

静かなエレベーターの中で志保の心は驚くほど落ち着いていた。隣で衣擦れの音が聞こえる。音のしたほうに視線を上げると、唇が触れあう。

「っ、な」

人前だと抗議すると、真司が人差し指を立て「静かに」と志保をたしなめた。

「こんなところで」

「大丈夫、誰も見てない。それに」

耳元でそっと囁かれる。

「俺は随分我慢したと思うよ」

その言葉で志保の顔に熱が集まる。確かに、今日まで真司は一切志保に手を出してこなかった。本当の家族のようにも思ってしまっていたが、実際は違う。こんなにも愛しく、恋をしてしまった男の人だった。

一人、また一人と客が降りていく。そのたび、心臓が早鐘を打つ。最後の一人が降りて、ドアが閉まったとき、大きな手が志保の手を包み込んだ。

「緊張してる？」

繋がれた手にゆっくりと唇が落とされた。絡みつくような視線に、志保はすぐに捕らわれてしまう。きっとここで、志保が嫌だと言えば、真司は何もしないだろう。それほど真司は志保の気持ちに敏感だ。しかし、志保の体は真司の熱を知ってしまった。

「してます」

声が震えている。

「だけど、嫌じゃない」

「うん。知ってる」

すべてを見透かしたように真司がそう口にした。繋いだ手に肉厚の舌が這う。そしてそのまま指を甘噛みされた。指先を起点にして、甘い刺激が全身を巡る。もう逃げられないと悟った瞬間、エレベーターのドアが開いた。

毛足の長いじゅうたんに足音が吸い込まれる。そうでないときっと音が響いて困るほど、自分たちは早足だった。

ホテルの厚いドアを開く。カードキーを差し込むと、室内に明かりが灯った。いくつかのドアが視界に入るが、真司はまっすぐに廊下を進んでいく。志保の知るホテルとは違う作りに戸惑いつつも、真司のあとを追う。手は繋いでいるものの、どこか物足りない。手に力を込めると、真司が強く握り返してくれた。一番奥のドアを開けると、そこはベッドルームだった。オレンジの間接照明に照らされた部屋は酷く卑猥なものに見えた。

「志保」

手を引かれ、真司の胸に抱かれる。

「着飾った君をずっと見ていたいが、どうやら俺も限界のようだ」

滑らかな生地の上からゆっくりと撫でられる。探り当てたファスナーに沿って真司の太い指が這う。服越しの刺激にも、志保の体はしっかり反応してしまった。

「っ、あ……」

「月並みだが、男が女性に服を送る意味は知っている？」

視線を合わせたまま、真司がゆっくりとファスナーを下ろしていく。さらりとしたワンピースは志保の肩からゆっくりと落ちていった。

「こうやって、脱がせるためだよ」

なんとなくは知っていたが改めて言われると、恥ずかしくなる。その戸惑いに気づいたように、真司があらわになった肩に口づけを落とした。そしてその唇は、首筋、頬、そして唇にたどり着く。

「あぁ……」

キスが落ちるたびに、吐息交じりの甘い声が出る。立っていることが辛くなってくると、ゆっくりと後ろのベッドに倒された。

「志保が好きだよ」

愛の言葉とキス。それがワンセットになったかのように志保に降り注ぐ。自分にはもったいないと思いながらも、心も体も喜んで受け入れていた。

「私も、好き」

溢れた愛は止まらない。一夜限りの恋から、こんな素敵な夜を迎えられるなんて思いもしなかった。一生分の愛を真司からもらった。その先があるのだろうかと考えると、志保は少しだけ怖くなってしまう。

「ずっと一緒にいよう。離れたくない」

大きな手が志保の肌を撫でていく。手から伝わってくる熱が志保から理性を奪っていく。しかし、真司のように未来を約束するような言葉を紡ぐことはできなかった。すぐに途切れそうな約束をすることは今の志保にはとても難しかった。

「信じてくれるまで何度でも言うよ」

不埒な手が背中のホックを外していく。流れるような動作に志保は体の全てを預けていた。ブラジャーを押し上げられた乳房が揺れる。長い指が宝物でも扱うように下着を取る。そして大きな手で円を描くように揉《も》まれる。

「っ、ぁ」

中心への刺激を避け、焦らすような愛撫だ。志保が甘い声を上げるたびに、唇が重なる。気持ちよさから浮かぶ涙のせいで、視界がぼやけてしまう。しかし、真司が少し意地悪気に口角を上げるのが見えてしまった。

――翻弄されている。

そう思うが、ちっとも嫌な気持ちにはならなかった。流されている自覚はあった。けれども、心のつながりに飢えていた自分にとって真司という存在はもう手放しがたいものになってしまった。

――私だって、ほんとうは。

溢れ出そうになった本音をすんでのところで止めて、真司の首に腕を回す。離れたくないという思いを込めて。

「どうした？　かわいいことをして」

くすくすと笑う声が聞こえる。何を言ったらいいのか分からず、志保は黙って腕に力を込めた。

「大丈夫。側にいるよ」

子供をあやすような優しい声だった。

「でも、これじゃあ志保を味わえないから、離せる？」

ゆっくりと腕を解かれそうになったが、志保は嫌だと抱き着く腕に力を込めた。

「仕方ないな」

呆れたような声に、志保は慌てて絡めた腕を離そうとした。

「離れなくていいよ。かわいいわがままだ」

上にいた真司がベッドに横になり、志保をぎゅっと抱きしめてくる。顔の距離が近い。少し動けばすぐにキスができる距離だ。志保は少し首を伸ばして、軽いキスをする。

「舌を出して」

言われた通りにすると、真司の舌で絡めとられる。唇は重ならず、舌だけのキス。抱きしめられているせいか、真司の体温をより一層近くで感じられた。

「ボタン、はずせる？」

真司のシャツに手を伸ばす。震える指でボタンをはずしていくが、どうにもうまくいかない。しかし、真司は急かすことなくじっと志保を見つめていた。すべてのボタンをはずすと、真司は器用に袖を抜いた。そして肌を合わせてくる。

鼓動が伝わる触れ合いに、志保は安堵を覚える。吐息が交じり、視線が絡まる。深いキスになるのに時間はかからなかった。

ちゅ、ちゅぷ、と水音が響く。真司の手は再度志保の乳房に添えられていた。ゆっくり揉まれ、敏感になった先端に刺激を加えられる。その刺激が全身をめぐり、くぐもった声が重なる唇の間から漏れた。

体温を分け合い、快楽を高められる。もう片方の手が志保のウエストを撫でる。薄いストッキングをはいていたが、器用な手がそれを志保から取り去っていく。大きな手が内ももを這い、志保の快楽はさらに高められていく。びくりと体を震わせると、唇が離れていく。

「気持ちいい？」

「っ、いいです」

真司の指がショーツのクロッチ部分を撫でる。自覚するほど蜜で濡れたそこを、真司の指が何度も往復する。

「見せて」

指が中に侵入してくる。蜜を纏うようにゆっくりと指が行き来する。

「あっ、やぁっ」

形ばかりの拒否が漏れでる。しかし、真司の責めは止まらなかった。志保が嫌がっていないことに気づいているのだろう。志保に聞かせるように、水音が響く。腰が揺れ、自然と快楽を求めてしまう。

「かわいい。すごく」

志保の喘ぎに、真司の吐息が交ざる。気持ちいいと快感を貪る自分を間近で見られている。恥ずかしいと思いつつも、この人にならとも思ってしまう自分がいた。

「あっ、だめ、だめ」

指がずぶりと中に侵入してくる。異物の質量に驚きつつも、どこか物足りなさを感じる。指が一本、二本と増える。しかしその刺激は志保が欲しいものとは違った。

「どうしたの？」

自分の単純な思考など読まれているのだろう。真司の冷静な声が憎らしい。目の前にある顔に、思い切り唇を寄せる。気づいてという思いを込めて、キスを深めていく。

自分の中にある欲に気づき、志保は驚く。しかし、嫌ではない。真司から与えられるすべてが愛しい。胸の奥がきゅ、とうずく。それに同調するように、蜜がとめどなく溢れ出てくる。

「あっ！」

太く長い指が、奥を刺激する。キスも忘れて志保は高い声で喘いだ。刺激が全身をめぐり、達してしまいそうになった瞬間、恋しい指が志保の中から去っていく。

「っ、あ、やぁ……」

何で、と視線に込める。すると、真司が志保の上に覆いかぶさってくる。きしり、とベッドが軋む。

「イクなら俺で。言っただろう？　我慢していたって」

見せつけるように、スラックスの前を真司がくつろげる。布越しでもわかる雄は真司が志保を求めている証だ。以前は見る余裕もなかったが、志保は焼き付けるようにじっとそれを見つめる。

「志保。信じるまで何度でも言おう」

手早くコンドームを装着した真司が、耳元で囁く。

「ずっと、そばに。君の側に」

愛している。リップサービスとは思えない愛の言葉がまた志保に降り注ぐ。その言葉にどう返したらいいか分からない。喉の奥が詰まったように何かがこみ上げてくる。嬉しいのに、どうしたらいいのか分かないのだ。

「いいよ。志保の言葉で伝えられそうなときに教えて。でも今は、志保を味わいたい」

一つになりたいと主張する雄が秘部に押し当てられる。

「真司さん、好き」

未来を願う言葉はまだ口にできない。しかし、志保は真司への愛を何度も言葉として紡いだ。入口を擦られて何度目かのときに、ゆっくりと真司が侵入してくる。待ち望んでいた快楽と、真司との未来に応えられない罪悪感を抱えたまま志保は高い声を上げた。

ゆっくり揺さぶられ、次第に理性が奪われる。甘い声は、真司だけを求めていた。手をいっぱいに伸ばし、抱きしめてとねだれば真司はすぐに応えてくれた。体温を分け合う幸せな時間だった。

「ずっと、志保の側に」

何度も耳元で囁かれる。志保はそれを受け入れるだけで精いっぱいだった。真司の腰の

動きに激しさが加わり、志保は考えることができなくなった。快楽を受け入れ、ただ喘ぐだけしかできなかった。

◇　　◇　　◇

一度ではおさまらなかった交わりを数度繰り返したあと、志保は意識を失うように眠ってしまった。どのくらい眠ったのか分からないが、とろとろと意識が浮上してくる。

「さくら堂とのコラボだが、展開は大人の女性向けの化粧品展開……わかった。資料を送ってくれ。すぐに確認する。ああ、視察にも来てくれるんだろう？　潔、ありがとう。見てもらった方が話も早いから」

仕事の話だろうか。声がいつもより硬い。また知らない真司をひとつ知ったことが素直に嬉しい。またはっきりしない意識でその声を聞いていた。通話が途切れたと思ったら、真司はまたどこかへ電話をかけていた。

『晩上好《ワンシャンハオ》。Ｍｒ．スンリン……』

今度は中国語のようだ。ゆっくりと目を開けると、広い背中が真っ先に飛び込んで来た。

志保が到底理解できない会話が続いている。真司もきっとそう思っているからなんの注意も払わずに話しているのだろう。珍しく少し声を荒げている。何かあったのだろうか。

　志保は少し不安になりながらも真司に手を伸ばせずにいた。あんなに思いを確かめ合ったはずだが、真司がどこまでも遠く感じる。昨晩散々縋った背中がひどく遠い。どうしてそんな風に思ってしまうのか。

　ずっと側にいるよと言ってくれた真司の言葉を信じ切れない自分は人として欠陥品のように思ってしまう。いつまでもうじうじと悩み、前を向けない自分に嫌気がさす。それでも真司と離れる選択はできない。

　働いている真司はいきいきしていた。彼は常に前を向いて、未来を見据えている。それに比べて自分はいつまでも過去に囚われ、後ろばかり見ている。新しい未来のことを考えるのはとても辛かった。この感情を言葉にするのは難しい。けれども、輝く彼を見てうらやましいと思う。

　自分とは全く違う世界で働く真司を隣で支えられるとは思わない。けれども、自分が真司の隣にいるにはどうしたらいいのだろうかと志保は考える。本当にこの人の隣にいたいのであれば、自分もなにか変わらなければいけない。

　ひどく遠い背中を見つめながら、志保はそんな複雑な思いを抱えていた。

9　何も持たない自分のなりたいもの

ミュージアムの休憩室で弁当を広げながらぼんやりと物思いにふける。箸は進まず、壁の一点を見つめていた。

真司への劣等感を自覚した志保は、考えることが多くなった。主に真司との未来のことだった。毎日毎日、ミュージアムに出勤し、『ひさえ』で働く。十年弱繰り返してきた日々に、真司という色が加わった。前向きな人は周りを惹きつけてやまない。恋を通して、志保の中にも言葉でうまく説明できない何かが芽生えていた。

——自分にできること。

——そして、誇れるものを持ちたい。

そんなことを考える日が続き、日を追うごとにその思いは強くなる。どうしたらいいのだろうと、思えば思うほどに、自分が前に進めない原因が浮かんでくる。

定期的に送られてくる家族からの連絡。志保が断ちたくても断ち切れない『家族』という存在。弁当をいったんテーブルの上に置いて、スマートフォンを取り出す。

ロックを解除して、コミュニケーションアプリを開く。画面をスワイプし、広告メッセージを飛ばすと、『お母さん』の名前が出てきた。

自分が前を向くためには絶対避けて通れない道だとは分かっている。画面を開こうとするが、指が震える。冷や汗が背中を流れていく。父、母、弟妹。その存在を思い出すだけで志保の心は氷のように冷えていく。自分の拙い恋心を優先したばかりに、みんなに失望されてしまった。

――怖い。

お金を送って許されるわけではないと分かっていた。しかし、志保にはそれ以外の方法が思いつかなかった。

指先だけでなく体全部が震えて、吐き気すら出てきた時だった。休憩室のドアが勢いよく開かれた。

「あ～！　疲れた！」

「あ、志保さんだあ！　休憩が一緒なの久しぶりですね！　あ、今日のご飯はなんですか～！」

ハッとした志保は慌ててスマートフォンをしまう。そしていつものように笑みを浮かべて、弁当を自分の膝に置いた。

「あげません」

「それ、そぼろ入り卵焼きですよね！　私が好きなやつ！」

ください！　と絵里奈は当たり前のように口を開けて待っている。

「……一つだけね」

「やったあ！」

欲しいものを欲しいと言え、好きなものを好きと言える。そんな絵里奈を志保はとてもうらやましく思う。いつもならいいなあ、と思って終わってしまう。

「じゃあ、お礼に高橋さんがロッカーに隠している一粒百円のキャンディチョコレートをお返しにもらおうかな」

ほんの冗談のつもりだった。少しだけわがままを口にすると、絵里奈が口の中に入っていた卵焼きが丸見えになるほど口を開けたまま呆けていた。

――あ、失敗した。

そう思った瞬間、絵里奈が勢いよく立ち上がり、ものすごい勢いでロッカーを開け放った。バタンと大きな音を立ててロッカーを閉め、振り返ったと思ったら、その手にはたくさんのチョコレートが乗っていた。

「あげます！」

「え、こんなにたくさんもらえないよ」

「あげます！　今までのお返しです！」

断る暇もなくばらばらとチョコレートが手に落ちてくる。慌てて受け取ると、赤、黄色、青、茶色のキラキラしたキャンディチョコレートで両手がいっぱいになっていた。

「今までのお返しなんて言われても……」

「だって、志保さんが初めて私にちょうだいって言ったんですもん。いつももらってばかりで……お返しをしようとしても受け取ってくれないし」

そんなことあっただろうか。志保は首を傾げる。

「そうですよお……志保さんはいつも誰かにあげてばっかりですもん。私もいっつもお弁当のおかずもらってますし」

「自覚はあったんだ……」

「うっ、それを言われちゃうと、ですけど。だから！　このチョコは今までのお返しってことで受け取ってもらわないと困ります」

押し付けられたチョコレートと絵里奈の間で視線を行ったり来たりする。譲らない、と顔に書いてある絵里奈に既視感を覚える。そういえば弟妹たちも、こうしてよく自分に色々くれたものだ。おやつに始まり、保育園で作った制作や、折り紙で作ったエビフライ。受け取るまで絶対に譲らないと言わんばかりに今の絵里奈とそっくりな顔をしていた。

「ありがとう。嬉しいな」

志保がそういうと、絵里奈がぱっと笑顔になる。その顔まで全く同じだから、志保は思わず笑みを零した。

「でもこんなにたくさん食べられないから、一緒に食べよう。これ、味はみんな一緒？」

「いえ、違うんですよお！　黄色はホワイトチョコレートの中にレモンクリームが入ってます。赤はミルクチョコレート、青はビター、茶色はミルクチョコレートの中にヘーゼルナッツクリームが入っています。私は茶色のヘーゼルナッツが好きです！」

絵里奈の好きはかわいらしくて微笑ましい。志保は茶色のチョコレートを手に取ると絵里奈の手に乗せる。

「んー！　もう！　違います！」

「え、茶色が好きなんじゃないの？」

「はい！　好きです！」

じゃあ何が違うのだと志保はまた首を傾げた。

「好きだから志保さんに食べてほしいの！　ほらあ！　食べてください！」

荒々しい手つきで包みを開けた絵里奈は、丸いつやつやのチョコレートを志保の口に押し込んできた。

「ん、」

広がる甘さ。数度咀嚼すると、香ばしいナッツの香りが追いかけてくる。とろりとしたクリームが口いっぱいに広がり、志保は素直においしいと口にしていた。

「でしょ？　私これが大好きなんです」

「うん。私も好き」

素直な絵里奈に、弟妹たちの姿が重なる。自然と手が伸び、絵里奈の頭を撫でていた。

誰かの『好き』を共有することがこんなにも幸せだと思わなかった。

「ありがとう」

「っ、志保さん、お姉さんみたい」

「そう？」

「志保さんみたいなお姉さんがいたら、きっと幸せだろうなあ」

嫌がらない絵里奈の頭をそのまま撫で続ける。返事はできなかったが、そうだったらいいのにな、と思わずにはいられなかった。

「志保さんの好きなものは何ですか？」

「私の好きなもの？　そうだなあ」

つい最近もそんなことを聞かれた、なんて思いながらも志保は頭の中で自分の好きなものを浮かべていた。

食べ物、ママワ、真司……最後に浮かんできたのは幼い弟妹と、父と母の笑顔。絵里奈を見ていると、どうしても家族に重ねてしまう。

――会いたいなあ……

そう思ったのは誰のことだろうか。その答えはまだ見つけられそうになかった。

◇　　◇　　◇

「おはようございます」

今日はＫＵＳＵＭＩ玩具の視察の日だ。視察と言ってもミュージアムは通常営業に変わりはない。今日の志保の担当は受付窓口だった。普段ならショーに出演する平日に受付窓口に座ることに違和感はあったが、普段通り業務をこなすつもりだった。

しかし、何だか事務所が騒がしい。志保のあいさつに反応はなかった。

「ケガって！　自己管理だろう！」

「す、すみませえん……」

事務所の中で人に囲まれているのは、ミュージアムの館長と絵里奈だった。絵里奈の右手には包帯が巻かれ、顔には大きなガーゼが貼られている。

「高橋さん！」

志保は心配のあまり叫んでしまった。小さな人だかりをかき分けて、二人の元に向かう。志保にとって絵里奈は可愛い後輩であり、妹のようなものだった。

「どうしたの？　ケガ？」

「し、志保さあん……」

絵里奈の大きな瞳には涙が浮かび、今にも零れ落ちそうだった。館長がため息をつく。

「……朝、自転車で来るときに転んだそうだ」

「え！　頭は打ってないの！」

昔の辛い出来事が蘇り、志保は絵里奈の体のあちこちを触って異常がないか確かめた。

すると、絵里奈の大きな瞳から、涙がぼろりと零れ落ちた。

「し、しほさん……どうしよう、私こんな顔じゃステージに立てません」

「本当だよ……今日は視察もあるのに、いったいどうしたらいいんだ」

背後からまた聞こえてきたため息に、志保は勢いよく振り返る。

「とりあえず病院に連れていきましょう。見た目にはわからないケガがあるかもしれません」

絵里奈の体よりもステージの心配する館長に、抗議するように言うと、館長もそれに気づいたのか、一度咳ばらいをして「そうしよう」と言った。

「どうする？　お母さんに来てもらう？」

「いえ、お母さんは今日仕事だし……彼氏に……今日休校って言ってたから」

「うん、じゃあ来てもらえるかな？　電話できる？　私がしようか？」

「お、おねがい、しますう……」

しゃくりあげる絵里奈の様子を見て、志保はスマートフォンを受け取る。通話をタップし、数度のコール音の後に、明るい声が耳に飛び込んできた。

「エリ～？　どうした？　仕事じゃなかったけ？」

明るく甘い声に、二人の仲の良さを感じる。一瞬の間をおいて、志保は事情を伝えた。

相手は最初驚いたが、すぐに冷静なり、急いで向かうと返事があった。絵里奈に変わってくれと言われ、スマホを渡す。

「……あっくん？　うん、ごめんね……お願いしてもいい？」

電話口で慰められているのだろう、絵里奈の涙が止まり、声にも少し余裕が出ていた。

大丈夫だろうという気はしたが、電話を終えた絵里奈に必ず受診するように念を押した。

「さて、高橋さんがステージに出られないとなると……」

「私でも大丈夫でしょうか？」

志保がそう口にすると、それしかないとばかりに周りが頷く。

「広橋さん、悪いが頼めるか？」

「はい。いつもと変わりはありませんよね？」

「もちろんだ。いつもの君のステージでいい。特別なことはない」

その一言に、志保は内心安堵する。胸に手を当てて、すうと息をする。小さく短く息を吐くと、館長が志保の肩に手を乗せた。

「すまない。広橋さんに甘えっぱなしだな」

「いえ。そんな」

もともと絵里奈のサブである自分には当然のことだった。館長はさらに言葉を続ける。

「KUSUMI玩具の幹部がショーを視察するのは初めてなんだ。高橋さんには経験をつんで君のように成長してもらいたいと思ってこの役をお願いしたが……まあ、仕方ない。いつもの君なら大丈夫だ」

「……はい」

力強く頷く。そんな風に評価してもらっていたなんて。志保は少しだけ照れつつも、気を引き締める。ショーの内容はいつも通りとはいえ、オーナー会社幹部の視察だ。生半可なステージは見せられない。たとえ、自分がサブメンバーだとしても。

「準備をしてきます」

未だ騒がしい事務所を後にして、志保は一人更衣室に向かった。自然と早足になるのは、気持ちが急いている証拠だろう。今日披露するのは、いつも演じているクリスマスの演目だ。セリフも、歌も、踊りもすべて頭に叩き込んである。けれども、やはりどこか緊張してしまう。それでも、今は自分にできるすべてを出さなくてはいけない。

更衣室兼メイク室のドアを勢いよく開ける。壁に掛けられたサンタクロースのセットアップが目に入る。壁のハンガーから衣装を取り、ぎゅっと抱きしめた。これは、サブメンバーの自分にとって初めての大舞台だ。衣装を抱きしめる手が震えていた。

――自分はサブだからって、いじけるばかりだった。

心の奥底で家族とのつながりを求めた結果、今の仕事にたどり着いた。でも、一度だって満足できたことはない。メインになれない自分を諦め、ただ日々を過ごしていただけだった。自分の意思で進んできたと本当に言えるだろうか？

志保の心の奥底に燻っていた問いに答えてくれる人はいない。けれども、と志保は顔を上げる。

前を向くと決めた。そして、未来を願った。ならば、今の自分も精いっぱい頑張る必要がある。

本当は逃げ出したいほど怖かった。ステージでは絵里奈の代わり。家族では母親の代わり。そのどちらもうまくいっていたとは言えない。

きっと今の自分と向き合っていなかった証拠だろう。志保は、もう一度サンタクロースの衣装を抱きしめる。私はみんなの『お姉さん』だ。もう一度原点に戻って、自分を振り返る。

――考えること、やること、乗り越えなくちゃいけないことがたくさんある。

すべてが一度に解決する方法なんてない。何事も一つ一つ考えて乗り越えていかなくてはならない。

俯いていた顔を上げる。鏡の中の自分と目が合うと、いつもの見慣れた自分とは少し違う顔をした自分がいた。

「ちょっとは成長できてるかな」

ぽつんと呟いた言葉は誰にも拾われない。

自分での評価は中々難しい。けれどもこんな志保をヒーローだと言ってくれた人がいる。その温かいまなざしと、注がれた愛を思い出す。

少し強引だが、いつでも自分を見ていてくれる。たくさんの好きを共有して、短い間に志保の支えになってくれた人。

――ステージで歌う自分を好きだと言ってくれたあの人に恥じないステージをしよう。

大丈夫。きっと大丈夫だと自分に言い聞かせながら、志保はメイクに取り掛かった。

「広橋さん、リハーサル行けそうですか?」

「あ、はい！」

スタッフに声をかけられたとき、ちょうどメイクが終わった。顔全体が明るく見えるように。『みんなのお姉さん』として、若く、かわいく、元気に見えるように。控室を出る前にもう一度鏡をのぞく。そこにはいつも通り『みんなのお姉さん』がいた。いつもと変わらないことに少しだけがっかりしつつも、心は少しだけ軽かった。

「今日も、がんばろう」

今日のステージはきっと志保にとって特別なものになる。そんな確信めいたものを感じながら、志保は控室をあとにした。

ステージに向かうには一度ミュージアム内に入る必要がある。重たいドアを開けて外に出ると、見慣れた光景が広がった。今の時期は職員もサンタクロースの格好をしているため、サンタのセットアップを着た志保が歩いていても違和感はない。リハーサルのためにまっすぐステージに向かいながら途中で出会った子供たちに手を振るのも忘れなかった。

まっすぐ前を向いて歩いていると、きょろきょろと周りを見渡している女性がいる。子供とはぐれたのかと思った志保は、女性に声をかける。

「どうかしましたか？」

「あ、すみません。あの、お手洗いは……」

振り返った女性は驚くほど綺麗だった。艶のある長いストレートヘアを、さらさらと背中に流している。どこかの女優と言われても驚かないような美しさ。

清楚な雰囲気だが、恰好はかっちりとしたスーツだ。働く女性の憧れを具現化したような女性に。志保は一瞬言葉を失った。

「お手洗いはあちらになります」

「ありがとう。あなたはここのスタッフ？」

「はい」

気後れして声が小さくなってしまったが、相手にはちゃんと届いたようだった。

「素敵なところね」

「ええ。子供と親の夢がたくさん詰まった場所です」

今度はしっかりと声が出た。自分の働く場所を褒められて嬉しかった。

「あなたも、そう言うのね。ねえ、どうして親もなの？」

「小さい頃、お世話になりましたから。子供がキラキラマンを夢中で楽しんでいると、親も嬉しいし、忙しい毎日にほんのちょっとだけ自由な時間が増えます」

「ほんのちょっと？」

「ええ。ほんのちょっとです。でも、そのほんのちょっとがすごく大切だったりするんです」

自分はうまく使えなかったが、という思いを隠す。キラキラマンはいつだって子供と親の味方だ。

「ふふ、なるほど。そう、そんな人が多いのね。私が世間知らずってことかしら」

女性は美しいまつげを伏せた。志保はその色っぽさになぜかどきりとした。

「あ、ごめんなさい。引き止めちゃったわね。楽しませてもらうわ」

通りすがりに、頭を下げられた。去っていく彼女からふわりとウッディの香りがした。似ているようで、少し違う。でも志保のよく知っている香りだった。思わず振り返ると女性の姿はもう遠くなっていた。少し胸が騒いだが、リハーサルを思い出し志保は慌ててステージに向かった。


「リハーサル終わりです！　本番まで、休憩していてください！」

その言葉に、演者みんなホッと息を吐いた。途中でストップがかかることもなく、いつもどおりにやり終えた。普段と変わりないステージとは言うものの、どこか全員そわそわしている。幹部のステージ観覧は初めてのことだ。志保自身いつもと同じだと言い聞かせながらも緊張を隠せない。

「志保さん」

ステージの上で動けずにいた志保に、声がかかる。勢いよく振り向くと、医療用の絆創《ばんそう》膏《こう》を頬に張った絵里奈がいた。

「大丈夫⁉」

病院に行って手当を受けたのだろう。先ほどは包帯が巻いてあった手首にも、今は頬と同じ医療用絆創膏とシップが貼付してある。

「はい……ちゃんと見てもらって帰ってきました。すみません、迷惑をかけて……」

「ううん。いいんだよ。体のほうが大切でしょ？」

元気そうな姿にホッとした志保は、絵里奈の頭を撫でて、「よかった」と安堵の言葉を口にした。

「志保さん、実は……私、今回自分からこの役をやりたいって志願したんです」

「え？」

「ほ、本当は、ベテランの志保さんにって話だったんですけど、私、悔しくて。いい経験になるからやらせてくださいって……年上の志保さんよりも、未来のある私にチャンスをって……」

大きな瞳からまた涙が零れ落ちる。予想だにしなかった告白に、志保も驚いた。

「踊りも歌も完璧で……プライベートもしっかりしていて、みんなのお姉さんっていう役を日常でもこなす志保さんがうらやましくて……」

「高橋さん……」

自分より若く、未来もある絵里奈が抱いていた感情を初めて知る。まさか、という思いでいっぱいだったが、目の前の涙に嘘はないと思えた。

「そんな邪な気持ちだったから……」

罰が当たったんだ。

その言葉に、志保は目を見開く。違う、そうじゃないよ、と思うけれど言葉が詰まって出てこない。自分も邪な気持ちを優先して、うまくいかなかったことがたくさんある。いつまでもみんなの『お姉さん』でいたいが、そんなのは無理なことだとわかっていた。けれどもそれをどうやって口にしたらいいかわからず、戸惑ってしまう。小さく丸まる体に手を伸ばす。絵里奈の背中に手を回し、ギュッと抱きしめた。人のぬくもりは癒しになるということを志保は身をもって知っていた。

「なんて言ったらいいか分からないけど……実は、私たちライバルだった？」

「ライバルだなんて。志保さんは偉大な大先輩です……だから、私追い付きたくて」

「そんなことないよ。私はいつも全力で子供達とぶつかる高橋さんをうらやましいと思ってた」

ぽんぽんと背中を叩く。絵里奈は、まっすぐに前を向いてこの仕事に向き合っている。それに比べて自分は何もかもが中途半端だ。自分の手で絶ってしまったくせにただ寂しがり、家族とのつながりを求めていただけだった。

「すごいなあ。一生懸命に頑張れる高橋さん。すごく、まぶしい」

誰かに見てほしい。認めてほしい。それは時に人を大きく成長させる。絵里奈を通して志保はそれを知った。

「……私、これからちゃんとします。ただ自己主張するだけじゃなくて、もっとプロ意識を持てるように」

「うん……」

「志保さんはもう少し主張して、わがままになったほうがいいと思いますよ」

どこかで聞いたセリフだ。志保は背中を撫でていた手を止めて、思わず笑ってしまった。

「また言われちゃったね」

「我慢ばっかりしてても、いいことありませんよ」

「うん。そうだよね」

いっそ、ママワになれたら世界はどんな風に見えるんだろう。志保には想像がつかない。

「……私、自分が主張してまで手に入れたいものはたった一つしかない。実は結構わがままなのかも」

「そうですか？」

「うん。そうだよ」

「そんな風には見えませんけど」

「今、新しい自分を発見して驚いているところだよ」

「……志保さんの年でも新しい発見があるんですね」

「こら！」

憎らしい冗談を言う口をつつくと、絵里奈は花が綻《ほころ》ぶように笑った。

「そうそう。絵里奈ちゃんは笑ってた方が可愛いよ」

「っ、名前！」

「今だけ。特別だよ。今日は、私に任せてね？　年の功で経験だけはあるから」

自分の緊張を抑えるために口にした言葉だった。しかし、絵里奈はその意味を正しく取らず、また笑う。素直で可愛らしい。その素直さは志保がずっと前になくしてしまったものだった。

「私、ステージに立つのが大好きなんです。だから、次は絶対に私が立ちます。志保さんには負けません」

「うん」

前向きな絵里奈は眩しかった。自分はそんな風に胸を張って「ステージが好き」と言えない。結局は家族との繋がりを求め続けた結果が今の自分だ。迷いがまた生まれそうだったが、何とか気を奮い立たせる。今は社会人として、大人として、経験豊富なベテランとして。自分の役目をしっかり果たすだけだ。それだけを考えようと志保は心に決めた。

「頑張るね」

「そろそろ本番です！」

スタッフの声に、着ぐるみを脱いでいたスタッフたちが立ち上がった。志保も最後の化粧直しと思い、鏡をのぞく。すると、隣にいた絵里奈が目元のメイクを直してくれた。礼を口にすると、絵里奈に袖をぐっと引かれた。

「志保さん。私、ここで見ていますね」

「ありがとう。私も心強いよ」

志保はやっと理解した。どうして、自分がずっと「サブ」だったのかを。絵里奈のまっすぐさや負けん気は、志保にはない強さだ。きらきら輝き、もっともっとと上を目指す強さ。

「志保さん？」

「うん。私、頑張ってくる」

そう言い残し、志保は前を向く。そして、光り輝く舞台に向かって足を踏み出した。

「みんな！　今日は来てくれてありがとう！」

ショー開始のアナウンスのきっかり五秒後。志保はステージに飛び出す。照明が当てられ、少しだけ足が震えるのはいつものことだった。でも、自信のない自分とはもうさよならすると決めたから。

薄暗い客席にいるはずの観客はいつも通りステージからだとよく見えない。ぽつぽつと席が埋まっているのはいつも通り、平日の様相だ。けれども、少しだけ違うのは、大人の集団が黒い影になって見えること。

——いつも通り。ううん。いつもよりずっとずっと素敵なステージにして見せる。

そんな決意を胸に、志保はゆっくりと息を吸う。

「もうすぐクリスマスだよ！　実は、キラキラマンの住む町にもうすぐサンタさんが来るみたい。楽しみだね！　今日はそんな素敵な日をもっと素敵に過ごすため、みんなと一緒にキラキラマンと歌って遊ぼう！」

では、と志保はステージの真ん中で立ち止まる。

「みんなで、呼んでみよう！　大きな声だよ？　前の席のお兄さんも、奥のお姉さん達も、準備はいいかな？　お腹の奥底から声を出すんだよ！　っと、その前に」

ステージに何かが転がり落ちたような音が響く。それに合わせて志保もおどけるような動作を見せた。客席から小さな笑い声が聞こえてきて、志保を勇気づけてくれる。

「一度練習しようかな？　みんなでキラキラマンを呼ぶ練習。あ、ちなみにキラキラマンは元気がない子のところには来てくれないよ！」

ね、と首を傾げると、客席からはもう名前を呼ぶ声が聞こえてきた。練習だよと言ってくれた。

「キラキラマン！」と叫ぶと、いつもより大きな声が聞こえてくる。

「これなら大丈夫だね！　そちらにいるみなさんも、負けないで大きな声で呼んでくださいね！」

ステージから見て右手上段。大人の集団に向かって声をかけると、二人ほど手を振ってくれた。ステージの明るい照明のせいで、どんな人かは分からない。

「では！　今度こそ本番だよ！　せーの！」

主役を呼ぶ声は、いつもより大きく、会場を明るい喜びで満たした。

――私は、『みんなのお姉さん』だ。見ていて。

そんな思いを込めて、志保は軽やかにステージの上で踊りだした。

拍手が沸き上がる。キラキラマンのピンチに、子供たちが声援を送ってくれる。ママワの可愛らしい仕草に、歓声が上がる。キャラクターみんなで会場を回り、応援してくれた人達に手を振る。今日も観客が少ない。いつもならば階段を上り、客席の隅々まで回るが、今日は視察が来ている方にはいかないようにと言われていた。子供達がいる付近を中心に回り、一緒に踊り、歌う。

「みんなのおかげで、素敵なクリスマスパーティーになったね！　また、遊びに来てね！」

大きく手を振り、ジャンプする。同じように子供たちが手を振り返してくれ、志保は自然と笑顔になった。緞帳《どんちょう》が下り切るまでしっかりと手を振り続けた。

――おわ、った。

大きく息を吐いて、吸う。ステージ独特のこもった空気だったが、清々しい気持ちでいっぱいだった。震えが収まり、快い疲労感に包まれながら舞台袖に戻る。緊張が解けたせいか、汗が一気に噴き出してきた。

「お疲れさまでした」

一本のペットボトルを手渡された。顔を上げると瞳のうるんだ絵里奈がいた。

「志保さん、すっごくよかったです……」

涙を零す絵里奈に驚いていると、別のスタッフがタオルを渡してくれる。

「広橋さん、気合入ってたね。すごくよかったよ」

「あ、ありがとうございます……」

周りからもよかった！　と肩を叩かれる。志保は皆の態度に驚きを隠せなかった。流れ出る汗をそのままに立ち尽くしてしまう。

「広橋さん！」

最後に館長が人をかき分けて志保に声をかけてきた。

「よかったよ！　すごく！　本社の方々もとても喜んでいた！」

手を握り締められ、ぶんぶんと上下に振られた。志保はお礼を繰り返すことしかできなかった。

「それだけ言いに来たんだ。これから先方のお見送りがあるから、もう行くけど、本当によかったよ！　ありがとう」

それだけ言い残して去っていく背中を見送る。どこか夢心地のまま志保は立ち尽くしていた。

——本当に、終わったんだ……

気が抜けたのか、視界がぼやけ、頬に熱い何かが流れた。ホッとしたのと、今自分ができるすべてを出し切ったと思えたからだ。

——すっきりした。

家族とのつながりを求め、縋り付いたのが『みんなのお姉さん』だった。でも、今日は自分を見てほしい。そんなわがままを胸に抱えてステージに立った。それを評価されるなんて皮肉なものだ。しかし、志保の中には言いようのない爽快感があった。

——自分の気持ちに素直になるって、こんなにも気持ちいいことなんだ。

志保は感激を胸に、タオルに顔を埋めた。

「……素敵なショーでした」

どこからか聞き覚えのない声が志保の耳に届いた。声のしたほうを振り返ると、見たことのない男性が立っていた。チタンのメガネフレームのブリッジを押し上げ、志保の方に近づいてくる。身なりのいい男性だが、なぜか敵意のようなものを感じた。ここにいるということは、関係者だろうか？　と考えていると、一枚の紙が目の前に差し出された。

「驚かせてすみません。私、こういうものです」

「……」

とっさに受け取れずにいると、男性は押し付けるように名刺を突き出してきた。

「そういうときは頂戴しますというんですよ。マナーをご存じないんですね」

いきなり飛んできた鋭い言葉に、志保は固まってしまう。

「……いただきます」

「名刺にも書いてありますが、私は久住潔と申します」

「くす、み……？」

志保は渡された名刺を見る。すると、そこには『ＫＵＳＵＭＩ玩具　秘書室　室長　久住潔』と書かれていた。久住と聞いて、思い浮かぶのは一人しかいない。

「兄の真司に無断でこちらに来ているので時間がありません」

志保が答えを導き出すより先に、潔が正解を口にした。情報が追い付かず、驚きを隠せない。

「……兄」

真司の家族の存在を初めて知る。しかし、好意的なはじめましてではなさそうだ。浮かんだ考えは、あまり似ていないという場にそぐわないものだった。

「単刀直入に言わせていただきますと、兄と別れていただきたい」

「……わか、れる」

ええ、そうです。と、潔がメガネのブリッジに触れる。真司との未来を真っ向から否定され、膝が震える。先ほどまで達成感で体が熱くなっていたが、さっと引いていく。

「兄は、当社の副社長です」

「ふくしゃ、ちょう」

次々と与えられる情報に考えが追い付かない。目を見開いて、弟という人間をぼんやりと見つめるしかできない。

「……気づきませんでしたか？　本当に？　いきなり飛び込んだブティックでまるで映画のようなシチュエーション。高級レストランで食事。普通の人ではできない経験をしたのでは？」

「そ、れは」

潔の追求に言葉が詰まる。気づかなかったというのは簡単だ。しかし、それがまるで自分が世間を知らないと突きつけられているようで恥ずかしくなってしまった。

「世間知らずは本当に罪ですね。こんな所に兄を縛り付けて」

潔の苛立ちが全身に突き刺さる。志保はただ受け止めるしかなく、ぐっと唇を噛みしめた。

「だんまりですか。本当に都合がいい。まあ、いいでしょう」

もう終わりですから。と潔が続ける。

「終わり？　どういう……」

「知りたいですか？　いいでしょう。実際見てもらった方が早い」

着いてくるように言われ、志保は潔の背中を早足で追う。ステージ終わりの疲労した体には少々堪える。それでも今は言われた通りにするしかなく、半分走りながら潔の後ろに続く。そして、ミュージアムに通じる扉の前に立つ。

「あそこに兄がいます」

扉の向こうの少し汚れたガラスの向こう側に、スーツの集団が見える。そして、集団の中心には見間違えない人の姿があった。

「しん、じさ……」

「今日の視察は、商談も兼ねています。詳しくは社外秘になるので話せませんが、あなたのステージのおかげで大変有意義なものになりました」

愛しい人がすぐ目の前にいるのに、飛び出すこともできない。薄暗い廊下から覗き見るしかできない。

「ああ、ほら。あのお方が商談相手ですよ」

潔が指差す先をゆっくり追う。すると、先ほど息を呑むほど美しいと思った女性の姿があった。真司の隣に立ち、楽しそうに話しているのがここからでもよくわかる。親密だということがすぐに見て取れた。

「綺麗な人でしょう？　経済雑誌の表紙を飾ったこともあるお方です。兄の隣にふさわしい方はああいう女性です」

潔は志保の肩に両手を置いた。そして、そっと耳元で囁く。

「あなたは、このミュージアムで歌って踊るのが大変お似合いです。兄の隣よりも、ずっと」

そう言って、潔が扉に手をかけた。志保は離れていく背中を見送るしかできない。

「さよならを告げにくいのであれば僕が言いましょう。何かあれば名刺の裏にある連絡先に電話を。あなたの家族を助けるくらいのお金を用意できます」

その言葉にかっと顔に熱が集まる。まるで金目当てで付き合っているかのような一方的な物言いだった。

「おや、違いましたか？　失礼しました。てっきりそうだとばかり」

全く悪いと思っていない口ぶりに、志保は悔しさがこみ上げてくる。何か言い返そうと口を開こうとするが、突き付けられた事実が邪魔をして言葉が出てこない。

「では。僕も仕事がありますので。あと兄は今日この後工場の視察、ディナーミーティングと忙しいのであなたの所には戻りません。どうぞゆっくりお考え下さい」

「あ、あの」

ドアの向こうに姿が消える寸前、やっと喉から声が出る。振り向きはしないが、歩みを止めてくれた。

「今日は、ご来館いただきありがとうございました」

志保はいつものように、客を見送るつもりでそう口にした。辛いこともたくさん言われたが、ステージを褒めてくれたこと、そして自分たちにとってはどんな失礼な人でも客は客。志保はその気持ちを思い出し、自分を押し殺しながら頭を下げる。足音は止まったが返事はなかった。頭を上げたころには、潔の姿はもうなかった。一人残された志保は、しばらくその場から動けなかった。

残ったのは、一枚の名刺と二人の親密な姿。脳裏に焼き付いた映像は次第に胸の奥を痛めつける。

――はやく、帰りたい。

先ほどまでは達成感でいっぱいだった幸せな気持ちがどん底まで落ちてしまった。

10　志保のわがままは

どうやって家に帰ったのか定かではない。志保は一人自宅でママワの大きなぬいぐるみを抱えたままぼんやりと今日あった出来事を反芻していた。

——真司さんと、一緒にいたいと決めたばかりなのに。

真司の本当の姿を知ってしまった。

——ううん、違う。本当はどこかで気づいていた。

副社長と聞けば、妙に納得している自分がいた。キラキラマンのことを語る彼は本当に輝いていて、どこか別の世界にいる人のようだった。思い返せばすべてつじつまが合う。洗練された振る舞い、紳士的な態度。堪能な外国語に、時折聞いた仕事の会話。世間知らずな志保でも、考えればすぐに理解できる。真司が副社長だということを知って一番ショックだったのは、それを隠されていたことだ。

初めて会ったときは、支店長としての名刺を受け取った。『ひさえ』で会うようになって、話をするようになって少しずつ気持ちが近づいて、恋に落ちて……そう考えると、話す機会などいつだってあった。

「嘘、つかれていたのかな」

　遊ばれていたのかな。からかわれていたのかな。田舎にいる惨めな女を一人弄んでいたのかな。そんなマイナスな考えばかり浮かんでいく。大好きなママワをぎゅっと抱きしめて、顔を埋める。

　泣きたいのに、泣けない。人はあまりに辛い出来事に直面すると涙すら浮かんでこないと知った。

『あなたはここで歌って踊っているのがお似合いだ』

　今までの自分だったら誉め言葉にも受け取れただろう。しかし、志保の心の中はくやしさでいっぱいだった。真司の隣に立つには不似合いだ。あの時真司の隣にいた美しい女性こそがふさわしい。きっと潔はそう言いたかったのだろう。

「……くや、しい」

　嘘をつかれていたことも、自身の存在を否定されたこともすべてが屈辱的だった。志保は顔を上げ、思い立ったように鞄の中を漁った。

「……くやしい。くやしい。くやしい！」

　素敵なステージも自分の頑張りも、絵里奈の涙も、館長の誉め言葉もすべて否定された。そして、自分の真司への恋心もまやかしだと言わんばかりの態度。

　あふれ出した悔しさを何度も何度も口にする。

　――自分の気持ちに、素直に。わがままに。

大好きな人たちが、大好きなママワが背中を押してくれる。一人では決断できなかったが、今の志保は決して一人ではない。

それがたとえ、嘘をついて身分を隠していた人でも。真司を信じると決めたのは自分だ。たとえ、騙され、遊ばれていても全て自分の責任。

――だって愛してしまったから。

家族を裏切り、一人で生きていくと決めていた。みんなの『おねえさん』でいると決めていた志保の心の鍵を開けたのは真司だ。

「私は、ワガママなんだから」

バッグの奥底に押し込んでいた名刺を取り出す。ひっくり返すと確かに連絡先が書いてあった。一緒に取りだしたスマートフォンを手に、書いてある九桁の番号をプッシュしていく。最後のボタンを押そうとしたところで、深呼吸をする。緊張からか、心臓がドッドッドッと早鐘を打つ。口の中がカラカラで舌が動かずうまく声が出ない。

このまま知らないふりをして真司の側にいられたらどれだけ楽なんだろう。隣に立つ女性も、仕事で輝く彼もすべてなかったことにする。

きっと、とても居心地がいいだろう。今まで逃げて暮らしてきた志保にとっては簡単なことだ。

でも、自分の気持ちに素直になることの心地よさを知った。ずるい自分のまま、愛する人の側にいられない。面倒くさい、妙な正義感。しかし、志保はまどろっこしい考え方しかできない自分が嫌いではなかった。

真司との未来を望むなら、きっとここは避けて通れない。志保は最後の通話ボタンを押そうと震える指を叱咤する。

「強くならなきゃ。もっと、ワガママに」

ゆっくりとボタンをタップすると、数度の呼出音ののち、真司にあまり似ていない声に迎えられた。

「あの、広橋です」

知っていますと応じる無機質な声に心が折れそうになったが、志保はなんとか次の言葉を絞り出した。

「……少し、お話がしたいです。お時間頂けますか？」

次に聞こえてきた声に、志保は慌ててメモを取った。

「明日、じゅうさんじ……はい、はい。わかりました。大丈夫です。行けます」

用件だけを話した潔は、すぐに電話を切った。まるで志保が電話をかけてくるのを予想していたようだ。しかし、これで機会は整った。あとは自分次第。

「……認めて……ううん。ちゃんと自分の気持ちを話さなきゃ」

真司との未来を望み、志保は精いっぱいのわがままを言おうと心に決めた。

潔が指定してきたのは、ホテルにあるティーラウンジだった。

人気のケーキバイキングがあると絵里奈が騒いでいて、志保もいつかは行ってみたいと思っている場所だったが、敵意をむき出しにしていた潔に会いに行くのは勇気が必要だった。

しかも、高級ホテルなので服装が難しいと悩んでいると、先日真司とデートしたときに着た服が目に入った。サイドビジューの美しい、ケープワンピース。これを着て以来、以前のような若作りを意識した服を着ることが恥ずかしくなってしまった。

数着新しい服を買ってお金がなかったが、志保は家族への送金をそのまま続け、生活を切り詰めるようとした。

だが真司がそれに気づき、またあのブティックに連れていかれてしまった。あのスタッフの勧めで数着の服を選んだ後、先日見たライトシトロンのニットワンピースも加えて、真司が購入手続きをした。志保は「払います」と言ったが、払わせてもらえなかった。そのニットワンピースを手に取り、体に当てる。ケープワンピースだと昼間の外出には少しフォーマル過ぎるが、これならちょうどいいかもしれない。

本来ならば真司と出かけるときに着て行きたかったが、そうも言っていられない。新しい服に袖を通すと、自然と背筋が伸びる。時計を見ると、バスの時刻が迫っていた。慌ててストッキングを着用し、コートを羽織る。玄関でいつもの派手な色合いのバレエシューズに足を入れそうになってふと気づく。今の服装にまったく合っていない。どうしようかと悩んでいると、真司が買ってくれたストラップパンプスが目に入る。やはりどうしたって、真司の存在に助けられてしまうのだ。パンプスに足を入れ、ストラップを止めた。

「よし！」

志保はぐらつかないように立ち上がり、玄関を開けた。冬特有の真っ青な空と、明るい太陽の光は、不安な気持ちを少しだけ軽くしてくれた。誰もいない部屋に行ってきます、と声をかけて志保は歩き出した。

バスを乗り継いで六つ目のバス停。目的地のホテルの前で志保はバスを下りる。慣れない靴だったが、バスに揺られることで若干バランスをとれるようになっていた。ふと視線を感じて振り返ると、バスの中から老年の男性が手を振っていた。志保は頬を緩め、手を振り返す。途中で乗り合わせた老人に席を譲ったからだろう。皺くちゃな手が見えなくなったところで、志保は小さく息を吐く。

ホテルのエントランスには、大きなクリスマスツリーが飾られている。毎日毎日子供たちにメリークリスマスと叫んでいるせいか、自分の中でクリスマスはとっくに終わったイベントのようになっていた。しかし、世間は違う。これからが本番で、おそらく一年の中で一番盛り上がる行事だろう。

志保は背筋を伸ばしてティーラウンジへ歩みを進めた。相手はすぐに見つかった。志保を呼び出した張本人がラウンジの入り口に立っていた。

待ち合わせ時刻の五分前に着くようにしていたつもりだったが遅れてしまったかもしれ

ないと志保は慌てて潔に駆け寄る。

「っ、お待たせしました」

「いえ、約束の時間の七分前です」

細かい。そう出かかった言葉を飲み込む。見た目通り神経質なのだろう。真司と兄弟と言われても、しっくりこない。しかし、行きましょうと促された横顔は愛しい人の面影が感じられた。通った鼻筋と、少し色素の濃いブラウンの瞳が太陽の光を吸収し、輝くさまがとてもよく似ていた。それに気がついた途端、ぴりぴりとしていた気持ちが不思議と落ち着くのを感じた。

――あの人の弟ならば、絶対に悪い人ではないはずだ。

そう思いながら潔の後を追うと、壁に挟まれた少し圧迫感のある席に案内される。

「どうぞ座ってください」

とげとげしさを隠さない口調。志保は言われた通りに腰かけると、ふわふわのソファが体を包み込む。その感触に感動している間に、潔が店員に声をかけていた。

「お冷はいりません。コーヒーを二つ。ああ、十五分後に持ってきてください」

十五分。そんな短い時間で済む話なのだろうか。勝手に志保の分まで注文を終えた潔は、一つため息を吐いた後、ゆっくり脚を組んだ。

「もう一度、言います。兄と別れていただきたい」

「……」

「僕を説得しようときたのかもしれませんが、無駄です」

前置きも何もない潔のまっすぐな言葉は、志保の胸にぐさりと刺さった。想像していた通りだったが、想像よりもずっと苦しいものだった。何も答えられず、思わず何もないテーブルに飲み物を求めて手を伸ばしそうになる。

「これが兄の本当の姿です」

畳みかけるように、潔がタブレットを差し出してきた。

「名前をネットで検索すれば簡単に出てきますよ」

見せてきた画面を直視できなかった。しかし、視界の端に飛び込んで来たのは、『KUSUMI玩具副社長　久住真司』の文字だった。

聞いてはいたが、実際目の当たりにすると驚きよりも衝撃が勝った。

「ご覧の通りKUSUMI玩具の……今は副社長ですが、いずれ社長に就任する予定です。現在は、こちらの支店長が長期休暇を取ったため一時的に出向しているに過ぎません。あなたとは釣り合いが取れませんし、付き合っても将来的にメリットがありません」

出向？　パッと言われた言葉を理解できない。

「……出向」

思っていたことがそのまま口に出る。

「出向とは本社に籍を置いたままほかの会社に勤務することですよ。まあ、あなたには縁のない話でしょうけど」

「……メリットとは。私が側にいることが彼にとってメリットがないということでしょうか」

「ええ。これからの人口減少社会。ただ子供向けのものを作っていくというだけでは生き残れません。様々な企業とのコネクションが必要になります」

　コネクション。人の「気持ち」「思い」をどこかに置いてきたような発言に、志保は返す言葉を見つけられない。

「兄には、たくさんの縁談が来ています」

　目の前に一冊のパンフレットが差し出された。視線だけ下に落とすと、さくら堂広報誌、と書かれていた。その表紙に映っている女性のことだろう。話の流れですぐに理解できる。とても美しい女性は見覚えがあった。

「この人……」

「ええ、昨日あなたが見た人です。今この会社とコラボ企画が持ち上がっています。それだけじゃない。現在、海外展開も準備中ですし、兄はここで燻《くすぶ》っているような人ではない」

　潔が矢継ぎ早に言葉を発し、志保が考えをまとめる暇を与えてくれない。

「ということで兄と別れていただきたい」

　もう一度はっきり言われてしまった。メリットやコネクションなど、志保とは全く関係ないことだ。真司の本当の姿を知ってしまったショックから立ち直ることができない。

「まったく。仙石支店長が育休なんて取るから。こんな面倒なことが起こるんだ。そもそも、男は外で働いて、女が家で子供の面倒を見ていればいいのに」

潔が吐き捨てるように口にした言葉に違和感を覚え、志保は俯いていた顔をパッと上げる。嫌そうに顔を歪め、真司とは似ても似つかない表情をしている。

——あの人は、そんなことを絶対に言わない。

「そもそも、兄さんも兄さんだ。こんな辺鄙な土地にこだわる必要なんてないだろうが」

志保はその言葉に、膝の上で手をぎゅっと握りしめる。そして、勢いよく立ち上がった。

「っ、そういう言い方は……よくないと、思います」

口がカラカラに乾いていたせいか、言葉が途切れる。潔が驚いたように目を見開いている。しかし、真司によく似た濃い色の瞳に、瞬時に怒りが宿った。

「私に説教を?」

「そんなつもりはありません……でも、お兄さんは……真司さんはこの地を特別だと言ってくれました。私があそこで働いてくれることも嬉しいと……私は、その言葉を本当だと思いました。だから……お兄さんが好きだという場所をそんなふうに言わないで」

かすれる声で必死に訴える。最後まで言い切って、志保はまたソファに腰かけた。

喉が渇いて仕方がない。何か飲みたかったが、注文した飲み物はまだこない。

「私も馬鹿にされたものですね。集客率の高いミュージアムでMCとして活躍するならまだしも、こんな片田舎で働く女に兄を語られるとは」

明らかな敵意に、志保は怯む。しかし、自分は間違ったことを言っていない。そう思い、志保は潔から目をそらさなかった。薄々気づいていたが、潔は真司への思いが強い。それが、理想の押しつけになってしまっている。そんな気がしてならなかった。誰かの理想であろうとすることは、ひどく疲れるものだ。それは志保が身をもって知っていることだった。

「兄は、仕事のできる人間です。より高みを目指せる存在です……そんな兄にあなたはふさわしくない」

「……お兄さんのことを大切に思っていることがよく伝わってきます。でも……こうであるべきだと理想を押し付けるのは相手にとって大きな負担になることもあると思うんです」

志保の言葉が気に入らなかったのだろう。潔が声を荒げた。

「っ、家族との関わりもないくせして！　妹にけがを負わせて逃げ出してきたお前に何がわかる！」

潔が怒りにまかせてテーブルに拳を振り下ろし、ダン！　と大きな音がティーラウンジに響く。潔の口から出た志保の過去。調べたのかどうか分からないが、志保は心の傷を深くえぐられた。

「俺たちのことなど、分からないだろう！　余計なことばかり、べらべらと！　兄の本当の姿にも気づかなかったくせに。家族のことを聞けばすぐに分かっただろうが、あなたは聞けなかったんだろう。自分のことを聞かれるのが怖くて。そうか、そうだろう。臆病でずるがしこい、逃げてばかりのおまえに！　別れろ！　いますぐにだ！」

志保のずるさを突かれ、何も言い返せなかった。真司と出会って少しずつ自分を変えられた気でいたが、過去を暴かれるだけですぐにまた元通りだ。志保は俯く。発色の良いシトロンワンピースも、ビジューの光るパンプスもすべて自分ではない誰かのものに見えてしまう。悔しさが込み上げ、膝の上で手を握りしめた。

「……強情だな。金が欲しいか？　それとも、あのミュージアムでサブではなくメインMCにしてやろう。どうだ？　この仕事にこだわっていたのなら、それもありだろう？」

「……そんなものは」

「いらない？　本当に？　メインで歌う彼女に嫉妬したことは一度もない？　そんなはずはない。喉から手が出るほど欲しいメインMCを兄と別れるのならばくれてやろう」

志保は昨晩、健気に訴えてきた絵里奈のことを思い出す。まっすぐに志保に挑もうとする気持ちを、志保は真正面から受け止めると約束した。

――嬉しくない。そんなの、ちっとも。嬉しくない。

「いりません……私そんなのいりません」

首を横に振って、拒絶の意思を示す。

「……偽善ばかりだな。さすがだね。家族に見捨てられているとも知らずに。せこせこ働いた金を送金して、罪滅ぼしのつもりか？」

潔はなおも耳をふさぎたくなるような言葉を志保にぶつけてきた。

「兄さんもどうしてこんな女を。あの支店長が育休なんて取るから悪かったんだ。まったく……やはりどこかに飛ばすか」

志保が口を挟めないでいるのをいいことに、潔の考えはどんどんと真司の意思と反する方向に向かっている。志保は育休の詳しい経緯は知らないが、子育ての大変さは身に染みて知っていた。人一人を育てるというのは、並大抵のことではない。健やかな子供が育つには、健やかな大人が必要不可欠だ。そのための育休制度ならば正しいのではないか。志保の頭の中に、真司と出会った日の記憶が蘇る。響の……小さな子供の健気な願いをかなえようと、必死になっていた姿を。そして、志保をまるでヒーローだと言ってくれた彼を。ストーカーまがいの男性から身を挺して守ってくれた姿を。気持ちを素直に表現できない志保を真正面から受け止めてくれた姿を。

――あなたに釣り合う大人になりたい。

本当の彼は、いつだって志保に寄り添ってくれていた。

――別れたくない。

自分の前で見せてくれた真司を信じたい。

素直で、優しくて、自分と一緒にいたいと言ってくれた真司を。

――なんだ。もうしっかり答えが出ているじゃない。

志保は自分の心の中にある気持ちに気づく。

志保の中に明確に湧き出た思いは、それだけだった。真司のいない生活など、もう考えられない。こちらに出向してきたのであれば、いずれ物理的に距離が遠くなるかもしれない。それでも、志保は真司との未来を望んでいた。志保の中に芽生えた、一つの願い。心の中で思うだけではきっとかなわない願い。

「……っ、真司さんなら」

「……？」

「おもちゃ会社に誇りを持っている真司さんなら……子供の夢をかなえるには、子供の成長に寄り添える大人が必要だ。って言うんじゃないでしょうか？」

抉られた傷からは悲しみが流れ続けている。でも今の志保は一人ではなかった。

「っ、お前が、兄を語るなと言っているだろう！」

「私は！　絶対に別れません。彼がＫＵＳＵＭＩ玩具の次期社長だとしても。私が、別れたくないから！」

長い間一緒に過ごしたわけではない。共に過ごした時間を比べたら、目の前の相手には敵わない。でも、今はどうしても相手に自分の思いを伝えたかった。緊張と不安から声が裏返ってしまったが、志保の捨て身に近い主張は、潔から正論を奪った。

力も権力も何もない志保にとって、真司と一緒にいたいという気持ちだけが、潔に対峙するための武器だった。

「っ、は……あなたも、馬鹿ですね。ただ主張しただけでは何も変わらないんですよ」

「そんなこと……私が一番わかっています」

今ここで真司の愛を疑ってしまったら、一生後悔する。その思いだけが、志保を奮い立たせている。

「……私は、私からは、別れません」

涙は絶対に見せたくなかった。唇を噛みしめ、目元に浮かぶ雫を必死にこらえる。真司が自分を選んでくれたのであれば、それに恥じない女性になりたかった。志保は目に浮かぶ熱い液体をこぼさぬよう、必死で堪えた。

「……潔さん。今時、女性は家に籠って子育てしていればいいなんて時代遅れですよ？」

「っ！　桜井、さん！」

突然、高貴なウッディの香りが漂った。

スモーキーな中に、甘さと重みを加えた、志保が恋焦がれる香り。

志保は、その香りにつられて振り返ろうとしたが、視界が何かに遮られて何も見えない。

「あなたの考え方だと、私にも家を守る女であれってことかしら？　固定観念は身を滅ぼすわよ」

志保は混乱しながら自分の視界を遮るものに触ろうとした。

「あ、ごめんなさいね」

指先に触れたのは、滑らかで温かい布地だった。視界を遮っていたものが取り払われる。明るいラウンジの光に目を細めると、何かが視界に飛び込んできた。

「ばあ！」

「わ！」

子供を驚かすような掛け声とともに現れたのは、とても美しい女性だった。

「やっぱり。昨日私に声をかけてくれた子だ」

「……っ、？」

昨日？　志保は昨日あったことを思い返してみる。艶やかなストレートの黒髪。モデルと見間違うようなスタイルの良さ。そして真司の隣に立つにふさわしく、志保の欲しいものを全部持った女性だった。

「あ……」

「思い出してくれた？　ほんと、男だけの視察だとトイレの場所も聞けないし。助かったわ」

美しい女性はそう言って、歯を見せて笑う。ニカっと音がしそうなほどの笑みだった。見た目とは違い、親しみやすい笑顔に、志保もつられて笑顔になる。

「いえ、そんな」

「うんうん。やっぱりあなたは笑ってたほうがいいわね。私、桜井ももです」

さてと。そう言って女性は志保の隣に腰かけた。いきなり現れた女性に戸惑いを隠せずにいると、女性は長い足を組みかえた。

「なんだか今日は一日こそこそしていると思ったら……久住潔さん。私、聞いていないのですが」

「……何のことでしょうか？」

「うちの親があなたのところの真司さんに縁談を持ち掛けたのは事実です」

縁談。その言葉に、志保は隣の女性を見つめた。そして瞳を動かして、テーブルの上に置かれた雑誌に視線をやる。

――この人が。

胸がずきりと痛んだ。しかし、今しがた自分は真司と別れないという選択したのだ。潔に主張するだけでは敵わない思いを、女性にぶつけようとした。

「あの！」

「ああ、ごめんね。今は彼と話しているからちょっと待っててね」

発言しようとした志保の口が、女性の手で塞がれた。今は黙っていてと目が語っている。

「昨日、私は久住さんにはっきりとお断りしました。そして、あなたにもお伝えしたはずです」

そうだったのか。志保は驚きに目を見開く。

「……あなたが断っても、兄には次から次へと縁談が来ます」

「そうでしょうね。でも、彼はきっと彼女以外に気持ちを動かすことはないと思います」

女性にはっきり言われ、志保は胸の奥底からむずがゆい何かが込み上げてきた。嬉しいけれど、結局はいつも守ってもらうばかりだ。

「広橋志保に兄の妻が務まるとは思えません」

「……そんなこと言って……では、あなたが……」

もも子が呆れたようにため息を吐いた。話が途切れたところで、志保は俯いていた顔を上げる。そして二人の間に入り込むように声を上げた。

「では、どうすればいいのでしょうか」

過去と後悔にいつまでも捕らわれていた自分を解放したい。見た目を変えることができた。心も、真司のおかげで少しずつ未来と向き合えるようになった。

——わがままに、自分の気持ちを。

「私は、真司さんと一緒にいたいです。そのためにはどうしたらいいのでしょうか」

自分で考えるのが正しいのかもしれない。しかし、どうしたらいいのかわからないのが事実だ。それに、志保が思ったことを頑張ったとしても目の前の相手が納得するとも思えなかった。

「……何を。今から国立大にでも行って、有名企業に就職しある程度の地位まで昇れと言ったらそうするのか?」

無理難題だとすぐに理解した。自分の年齢を考えたら不可能に近い。けれども、可能性はゼロではない。

「……そうしろ、というのであればそうします」

「はっ、口で言うだけなら簡単だ。大体受験する学力もないだろう」

「いえ、おそらくそれは問題ないと思いますので」

卒業後すぐに家を出て就職してしまったが、志保の通っていた高校は県内でも有数の進学校だった。志保はそこそこの成績を収めていたから、今から勉強をすれば、なんとかなりそうな気がする。ただ、ミュージアムと『ひさえ』のダブルワークをしながら受験勉強をすることは可能だろうか？　と考えていると、隣で大きな笑い声が聞こえてきた。

「だめよ。潔さんあなたの負けだわ」

「……？」

「彼女はきっと本気よ。何年経ってもやりとげるわ」

「……何を馬鹿なことを」

「まあ、その前に久住さんに見つかって怒られるでしょうね。そんでもって最悪あなたと縁を切るってことになるでしょうね」

縁を切る。その言葉に志保が一番に反応した。

「ダメ！」

声の勢いとともに立ち上がる。そんなことは絶対に許されない。

「真司さんはきっとご家族を大切にする人だから。そんなこと、絶対にダメです」

志保は首を振る。大好きな家族と別れる辛さを知っている志保は、それだけはと何度も口にした。

「あなたが別れてくれたら問題ないのですが」

「……それも、ダメです」

志保は勢いをなくしてソファに座り込む。隣に座るもも子が楽しそうに笑う。

「……なんてわがままなんだ」

　潔が呆れたようにソファにもたれかかる。しかし、先ほどのような怒りは感じなかった。わがままと面と向かって言われたのは初めてだ。嫌味で言っているのかもしれないが、どこかくすぐったく感じるのはどうしてだろう。

「その案は却下するとして……でも、事実兄さんの隣に立つには今のままでは困ります」

「あら、案ならあるじゃない」

「⁉」

　あっけらかんとした声が響く。もも子がにこにこと笑いながら、タブレット端末を操作している。

「答えはもう、潔さんが言っていたじゃない。全国一位の集客数のＭＣならまだしもって」

「……どこから聞いていらしたのでしょうか？」

　潔の質問には答えず、もも子は「あったあった」と楽しそうにタブレットを差し出してきた。そこには、関東の都市部にあるキラキラマンミュージアムのホームページがあった。

「今、ここリニューアルオープンのため休園しているのは知っている？」

　志保はうなずく。そのせいか、最近では関東からの客層も多く、売り上げも伸びているという報告があったからだ。

「見て、ほら。新スタッフ募集って書いてあるの」

「……っ」

「集客率ナンバーワンのミュージアムのステージに立てればいいんでしょ？」

まさか。そんなの。

「国立大学に行くほうが簡単？」

もも子が志保を見つめて笑みを浮かべた。どちらも簡単ではない。

「私ね、昨日のあなたのショーを見たの。素晴らしかったわ。来た人を喜ばせようとひたむきに前を向くあなたは本当に美しかった」

美しい人に、美しかったと褒められ、志保の顔に熱が集まる。しかし、もも子の提案に志保は混乱していた。もし、募集されているMCのオーディションを受けるとしたら、こちらでの生活を捨てることになる。昨日やっと自信をもってステージに立ち、達成感を味わった場所を捨てるなんて想像もつかなかった。

「一人の男のために、今の生活を捨てられる？　確証もないのに」

「桜井さん、僕はまだ何も認めていないですよ」

「あなたが言い出したんでしょ？　認めなさいよ」

「……そうは言っても」

志保は動揺したままタブレット端末を握り締めた。その時、画面に指が触れた。ぱっと画面が切り替わった。大きな文字が志保の目に飛び込んでくる。

『みんなの憧れのヒーローが大集合！　なりたい自分になれる場所』

「……なりたい、自分」

今の自分はどうしたいのだろう。

真司のそばにいたい。それだけではない、家族や過去に囚らわれず、自分が本当にしたいことはなんだろうか。

――志保にわがままを言ってほしい。

ねえ、真司さん。どう思う？　心の中で語りかけてみる。

「応援するよ」

きっと、そう言ってくれるはずだ。それが結果として真司のそばにいることにつながるのであれば。やりたいことはこれしかない。自分が憧れる存在になる。

「私、やります」

今いる場所を捨てるのではない。あの場所から巣立つのだ。後輩も育っている。『ひさえ』の店主も、奥さんがそろそろ復帰できると言っていた。今がチャンスかもしれない。

「私が、挑戦したいんです」

誰かのためではなく、自分の未来のために。

「……ここでの生活を捨てるということか？」

潔の視線にはまだ棘《とげ》がある。しかし、やるべきことを見つけた志保にとってこれぐらいは些細《ささい》なものだった。

「捨てるんじゃありません。巣立つんです。自分のしがらみから」

「……物はいいようだな。無責任だと思わないのか？」

「はい、物はいいようです。後輩も育っていますし、今私がいなくなって困ることはありません」

　自戒を込めて反論する。ほんの少しだけ嫌味を混ぜてしまったが、これぐらいは許されるだろう。

「……ほんとに、馬鹿らしい。今持っているものを捨てて、絶対無理なことに挑戦する気持ちなんて僕には分からない」

　悪態をつく潔はどこか見覚えがあった。拗ねたような表情は志保の良く知る真司に似ていた。

「……やっぱり真司さんの兄弟ですね」

　似ています。と続けると、潔の顔が真っ赤になった。

　──ああ、やっぱり家族っていいな。

　みんなに会いたい。志保の中にそんな気持ちが芽生える。自分勝手かもしれないが、小さかった弟妹たちがどんな風に成長しているか知りたくなった。少しだけ和んだ雰囲気の中、志保は一つの疑問に気づいた。

「あの……さ、桜井さんはどうしてここにいらっしゃるのでしょうか」

　何の関係もない、もも子がこの場にいること、志保の未来を心配し、選択肢を与えてくれたこと。どうしてそこまで、と不思議に思っていた。

「昨日あなたのショーを観たって言ったでしょう？」

「……はい」

「わくわくしたの。私はね、とにかく自分を認めてもらうためだけに頑張ってきた。将来、会社を継いだ時に、女だからって舐められないように。子供の頃から必死だったから、ああいうところに行ったことがなかったの。正真正銘の初体験ってやつ。それでね、昨日あなたの歌って踊る献身的な姿を見て本当に心を打たれたの。それが自分の婚約者になるかもしれない人の思い人だっていうんだから」

　もう一度あなたに会って、お話ししてみたくなっちゃったの。もも子は白い歯を見せて笑う。そして、志保にだけ聞こえるように声を潜めてこう続けた。

「私、ロマンス小説が大好きなの。あなたと、真司さんの恋は、まるでロマンス小説みたいでしょう？　二人を手助けするなんて、最高じゃない？」

　ロマンス小説？　志保はそのまま口にする。すると、もも子は持っていたタブレットを見せてくる。そこには様々な表紙の電子書籍がずらっと並んでいた。

「御曹司と大企業の娘なんてのもロマンス小説の定番なんだけどね」

　いたずらな笑みに、志保は思わず吹き出してしまった。

「うんうん。やっぱり笑ってる方がいいよ」

「……そうですか？　でも、」

　今度は志保がもも子の耳にこっそり耳打ちする。

「こんな風に笑えるようになったのは、真司さんがいたからなんですよ」

　志保の言葉に、もも子は驚いたように目を丸くした。美人はどんな顔をしていても美人だななんてしみじみ思っていると、がしっと手を掴まれた。

「なら、やっぱり側にいないとね」

「はい！」

　気持ちが吹っ切れ、友達までできたような感覚に、志保は嬉しくなっていた。

「……僕のことを忘れないでほしいですね」

　あ、と気づいて謝罪しようとすると、手で制された。

「条件を付けさせてください。広橋さんには、僕が……ほとんど失言に近いうえに上げ足を取られたような形になりましたが、都内にあるミュージアムのオーディションを受けてもらいます。それともう一つ」

「……え？」

　潔が出してきた条件は、簡単なようで、とても困難なものだった。

◇　◇　◇

　きっかり十五分後に出てきたコーヒーを飲み干したあと、ケーキバイキングに行こうともも子に誘われた。そしてなぜか潔もついてきた。

　クリスマスカラーの、抹茶のロールケーキとルビーチョコレートのショコラパイを誰よりもたくさん食べる潔に思わず笑ってしまった。

「出向は一月末までの予定でしたが、中国企業との共同開発に向けて来週から数か月あちらに長期出張があります」

そういわれた時、志保はさほど驚かなかった。中国語でせわしなく話していた理由を知ったからだ。物理的な距離ができるのは寂しいが、自分もするべきことがたくさんある。

「その出張を回避するために真司くん、リモートワーク体制を整えようとしていたのよ」

大きな口でケーキを頬張っているもも子から聞きなれぬ言葉が出る。

「リモートワーク？」

「オンライン会議とか、在宅勤務とか。働き方を変えることで子育てや自分の時間を持てるように……っていう名義のもと、真司君はこっちで働こうとしていたみたいね」

こっち？　と首を傾げると、潔が「あなたの側でってことみたいですよ」と口を挟んできた。口いっぱいにケーキを頬張っているため聞き取りにくかったがおそらくそう言っていた。真司は自分といるために本当に努力してくれていたのだ。

――大切にされているとは分かっていたけど、こうして改めて人に言われると照れる。

心で思っていたことが顔に出ていたのだろう。潔が分かりやすく舌打ちをした。

「リモートワークは理想的だとは思いますが、トップにはやはり本社にいてもらわないと困ります。有事の際、真っ先に動ける場所にいてほしい」

それもそうだろうと志保は頷く。

「兄さんがあなたのために努力したのは認めますが、かといってここにいていい理由にはなりませんからね」

「わかっています」

志保は力強く返答する。すると、潔はまた大きな舌打ちをしたあとに、ケーキを頬張った。

「ブラコンも度が過ぎると大変ね」

こそりともも子に耳打ちされる。吹き出しそうになったがすんでのところで耐える。ぎろりと睨まれたが、志保は素知らぬふりをした。

朝出るときにはこんな風に和やかに話せるとは思ってもいなかった。思いのほか楽しい時間を過ごしてしまった。最後に潔ともも子に今日自分たちと会ったことは内緒にするように念を押された。

いずれ分かってしまうだろうと思ったが、志保は二人としっかり約束した。その時、弟妹たちにしていた指切りげんまんをしそうになって、潔にひどく怒られた。反対にもも子は小指をしっかり絡ませ「嘘ついたら、私が真司君と結婚しちゃう～」と冗談とも取れないような言葉を残して指切りをしていった。

――すごく忙しい日だった。

けれども、志保にはまだやるべきことが残っている。

すっかり日が暮れてしまい、ライトアップされた街並みを一人歩く。バスで帰ればすぐだったが、志保は歩きたい気分だった。

もうすぐ自宅というところで見覚えのあるコートが前を歩いていた。思わず追いかけそうになったところではたと気づく。疲れているのだろうか、珍しく背中が丸まっているように見えた。

志保は何かを思いつき、スマートフォンを取り出す。見慣れた名前をタップし、耳に当てる。すると数回呼出音が響いた後、志保の名を呼ぶ声が聞こえてきた。

「お疲れですか?」

『あ、い、いや。本当に志保?』

歯切れの悪い声だった。志保はどうしたのかと聞くと、数秒の沈黙が落ちる。

『志保から電話をくれたの初めてだから。驚いた……』

「あ……」

そうだっただろうかと過去を振り返ると言われた通りだった。事実を知れば、自分が非道な人間だと思い知らされる。いつも与えて貰ってばかりで何も返せていない事実に打ちひしがれていると、スピーカーの向こうで弾む声が聞こえてきた。

『電話ありがとう。めちゃくちゃ嬉しい』

「ほんとう……?」

『ああ。疲れてたけど、すごく元気が出た』

真司は思ったことをきちんと言葉にしてくれる素直な人だ。真司への愛を再確認した志保も思ったことを素直に口にする。

「私も前にすごく疲れて落ち込んでいたとき、真司さんが電話をくれたんです。それを思い出して今電話してみました。あと、背中が丸まってますよ」

くすくすと笑みを零しながらそう口にすると、歩いていた真司が止まり、ぐるりと後ろを振り返った。距離はあるものの、真司は志保を見つけたようだ。

「おかえりなさい。お疲れ様です」

『うん……ただいま』

電話でのやり取りはどこかくすぐったい。いつのまにか当たり前になってしまったあいさつ。

二人の未来を紡ぐために必要なことを。

下を向いてばかりいたら見逃してしまうような幸せを志保は知った。過去は消えないし、未来もどうなるかわからない。自分はずっと一人だと思っていたが、真司と出会ったことで色々な人の優しさと思いやりを知った。

「ね、お話があるんです。聞いてくれますか？」

『うん。志保のことならなんでも知りたい』

その言葉に、志保は知らず微笑む。通話が繋がったままのスマートフォンを手に、そのまま駆け出した。一瞬驚いた表情を見せた真司だったが、すぐに笑みを浮かべて両手を広げてくれた。志保は迷うことなくその胸に飛び込む。

「おかえりなさい」

「ん、ただいま。情熱的なお迎えありがとう」

　真司の胸に頬を擦り付けると、嗅ぎなれた香りが志保の鼻をくすぐった。

「あ〜真司さんの香りだ。やっぱりこっちのほうがいいな」

「……誰かと比べてる？」

「ふふ、知りたい？」

　焦らすようにすると、真司は分かりやすく表情をゆがめた。

「なんだか……一日会わなかっただけで随分変わった気がするんだが……」

「そうかもしれない。ね、手をつないでもいい？」

　話したいことがたくさんあった。志保は真司の隣に立つと迷うことなく手を握った。こんなことをするのは初めてかもしれない。志保は少し照れながらもゆっくりと指を絡めた。

「ね、昨日の私、どうだった？」

「昨日？」

「視察。来たの真司さんだったんでしょ？」

　志保の問いに、真司は目を見開いた。どうして、と言いたげな顔に、志保は少しだけ意地悪をしたくなった。

「支店長だなんて、嘘つき。ＫＵＳＵＭＩ玩具の副社長さん」

「志保、なんで」

「田舎の小娘をからかうためだった？　それとも、ちょっと遊んでつまみ食いってやつ？」

「違う！」

思いのほか大きな声で否定された。驚いた志保は、繋いだ手を離してしまった。

「ちょっと待って……どうして」

離れた手を真司が追いかけてくる。再度繋いだ手は、少しだけしっとりしていた。

「真司さん。昨日の私、どうだった？」

志保は真司をじっと見つめ、もう一度同じ問いを繰り返す。

「よかったよ……すごく」

「ほんと？　よかった？」

「ああ。志保のステージを見た取引相手が、夢をもらったと言っていた。そのおかげか、商談がスムーズにいきそうだ」

すぐにもも子のことだと理解する。そして、こんな自分でも真司の役に立てることに喜びを感じた。

「……なんか、色々あったけど、その一言で全部どうでもよくなっちゃった」

「志保、俺は嘘をついているつもりはなかった。ただ、本格的に志保の側で働いていくために色々手はずを整えなければいけなくて……そのめどが立ったら話すつもりだった」

真司の焦った様子に、愛されているなあと実感する。うぬぼれもいいところかもしれないが、相手の愛を信じた今、志保に怖いものはなかった。

「いいの。私だって真司さんに隠していることあるから」

繋いだ手に力を込める。分かりやすくショックを顔に出した真司に、志保は今度こそ笑ってしまった。

「か、隠してる、こと」

「うん。でも、一つは教えられない。でも、もう一つ……真司さんに聞いてほしいの」

もも子と指切りげんまんをした早々約束を破ることはできない。私のわがままに付き合ってくれる？　と続けると、とても不本意そうに唇を噛みしめた真司が小さく頷いた。

「志保のわがままは心臓に悪い」

「そう？　私だってすっごく驚いたよ」

「……志保、俺は」

また謝罪と言い訳が始まりそうだった。志保は空いている手で、その口をそっと押えた。

「過去のことはもういいの。私は、真司さんと未来の話をしたいなって思ってます」

過去の謝罪はもういらない。そんな気持ちを視線に込める。

「でも、その前に私の過去の過ちを知ってくれる？」

「……もちろん。君が許してくれるなら。俺も君に伝えたいことがある」

真司の表情に影が差す。おそらく、この土地を離れる話だろう。こうして帰り道を二人で歩くこともうないと思うと少しだけ心が痛んだ。

しかし、志保は過去を振り返ることなく、二人の明るい未来を夢見て前を向いた。

11　真実を司る。嘘は、ない！

香辛料や刺激的なにおいの一切しない、澄んだ空気。以前誰かが日本は出汁や醤油の香りがすると言っていたことを思い出す。誰が言ったかまでは覚えていないが、久しぶりの日本の空気を胸いっぱい吸い込んだ。三か月近くにおよんだ出張に、真司の疲労は相当なものだった。志保のショーをきっかけに進んださくら堂との共同開発も山場を迎えており、日本と中国を行ったり来たりの日々だった。もちろん、志保に会うこともできていない。中国でのＡＩ玩具の工場建設の話もまとまり、待ちに待った帰国だった。

化粧品に関しては、開発部に仕事を下ろし、真司が行うことといえば確認作業だった。しかし、さくら堂の担当者が『この容器ではママワの可愛さが表現できない』と言えば、こちらからは『ネイルの発色をもう少し鮮やかにしてほしい』と言うなど互いにリテイクを出し合っていた。それは現在も進行形だ。発売はもう少し先になるが、サンプルが完成したと連絡をもらった。会心の出来だと双方が言っているため、真司も期待していた。潔との共有スケジュールを見ると、もも子との打ち合わせと書かれていた。

潔はもも子を自分の結婚相手に考えていたようだが、真司はしっかりと断った。

仕事に対しての熱意に共感はできるものの、恋は芽生えそうにない。

そんな過去を思い返していると、スマートフォンが震えた。打ち合わせが長引いている。申し訳ないが、一人での帰宅は可能かという潔からのメールだった。真司は問題ないことを伝え、まっすぐ家に帰ろうとした。しかし、ふと思い立ち再びスマートフォンを開く。

そこには志保とのやり取りが残されたメッセージ。視察が終わると同時に、あちこちで商談していた話が急速に進んだ。今まではリモート会議などを使用していたが、時間の都合が合わない、製品を目の前にしての話が必要になるなど、真司自身が出向かなければいけなくなった。

国内だけではない。海外もだった。

志保との時間が惜しいのも事実だが、真司は出向を終了せざるをえなくなった。残り一か月を切っていたが、代理を立てようとしたところ、本来の支店長が復帰する話が出た。

妻の体調が戻り、子供も少し大きくなったことで育児休暇を切り上げると申し出があった。真司は最初断っていたが、「働くパパも好き」と響と妻に言われたと嬉しそうに話してくれた。

申し訳ないと思いながらも、真司はその言葉に甘えることにした。元の支店長であれば引き継ぎもスムーズで、真司が仙石市を発つ準備はすぐに整った。

慌ただしい別れだったが、互いに忙しい合間を縫って連絡は欠かさなかった。

少しずつ増える志保とのやり取りだけが真司の心の支えだった。

——会いたい。

そう思ってしまったら、心が決壊した。

——会いに行こう。

思い立ったら吉日と言わんばかりに、仙石市までの最短ルートをたどる。高速バスという選択肢もあったが、できれば足を伸ばしたい。そんなわがままを叶えてくれる一番の方法はやはり新幹線だった。

クレジットカードとスマートフォンがあればどうにでもなる。そう思って、真司は空港を飛びだす。重たいスーツケースの中には志保への土産が入っていたが、それは全てまた今度にしようと決め、ロッカーに入れた。

◇　◇　◇

久しぶりに降り立った仙石駅は、以前と何一つ変わらなかった。しかし、季節は確実に春に近づいているのか風が少し暖かかった。久しぶりの再会に胸を踊らせ、真司はタクシー乗り場に向かう。今日は『ひさえ』が定休日だ。おそらく志保はもう帰宅しているころだろう。真司ははやる気持ちを抑えきれなかった。見覚えのある景色が出てきたところでタクシーを降りた。急ぐ気持ちを隠せず、歩みを進める。前のように志保を見つけられたら、とも思ったが世の中そんなにうまくない。そう思っているうちに、アパートの前にたどり着いた。

——二階の、角部屋。

たった三か月前のことだが、ひどく懐かしく思えた。辺りも暗くなり、あちらこちらで明かりが灯っている。もちろん志保の部屋にも、と思ったが真っ暗なままだ。

それだけではない。以前あった濃紺のカーテンも無くなっている。部屋を間違えたかと一瞬思ったが、町中にある、どこにでもありそうな二階建てアパートは以前志保と過ごした場所で間違いなかった。

何が起こっているのかさっぱり分からず、真司はアパート横の階段を駆け上がる。そして、志保の部屋の前に立ち、震える指でゆっくりとインターホンを押す。

『おかえりなさい』

そんな言葉で迎えてくれると信じていた。しかし、実際インターホンは何の反応も示さず、かちりと音がするだけだ。電気メーターを確認するが、何も動いていない。つまり、この家には誰もいない。

「うそ、だろ」

真司は志保とのやりとりを確認するためスマートフォンを開く。メッセージには引っ越すことなど何も書かれていない。どういうことだと考えても、何も浮かばない。落ち着け、と自分に言い聞かせるが、嫌な音を立てて鳴る心臓を抑えることができなかった。

嫌な考えが頭をよぎる。

その予感を振り切るために、真司は志保に電話をかける。しかし、真司の願いはむなしく、無機質な機械音が聞こえるだけだった。

――どういうことだ。分からない。志保、どこにいる。

どのくらい時間が経っただろうか。持っていたスマートフォンが震えた。志保だと思い、誰かも確認せずに電話に出る。

「志保！」

『兄さん、今どちらに？』

待ち望んでいた相手からの電話でなかったことに、脱力する。アパートのドアを背にずるずるとしゃがみ込むと、大きなため息が出た。

「……なんだ」

『今どちらに？　自宅にお帰りではないようですが』

「……仙石市」

その一言で潔は何かを察したのか、息を呑む音が聞こえる。

『まさか、会いに？』

「そのまさかだ。けど、いなかった……」

事実だけを淡々と伝える。すると、目頭に熱いものが浮かんだ。言葉にすると、実感してしまう。志保がいない。なぜという疑問が浮かぶ。

「もしかして……俺は捨てられたのか」

誰に聞かせるつもりでもなかったが、スピーカーを通して潔に届いてしまったようだ。

『では諦めたらどうですか？』

「……はあ？」

『会えなかったということは、あちらもそういうことなんではないでしょうか？』

相変わらずの正論に、疑問が確信に変わっていく。頭を抱えた真司はどうしたらと考えを巡らす。

『ちょうどあなたにもたくさんの縁談がありますので、これを機会に』

潔の声が遠のいていく。今日もおかえりなさいと迎えてもらえるとばかり思っていた。どう笑ったらいいのかわからない。でも、嬉しさを隠せない笑顔を見せてくれる。そう信じていた。

それは全て自分のうぬぼれだったのだろうか。

最後に会った志保を思い出す。初めて電話をもらって驚く俺に向かって、眩しい笑顔を浮かべながら抱き着いてきてくれた。あの時、志保の口から語られた過去は、少女にとって辛い経験だったとすぐに想像できた。

真司は、聞くに徹した。すべてを話し終えた志保は憑き物が落ちたようにすっきりとしていた。

『私も、真司さんと未来を歩むために頑張らないと』

そういった時の志保の顔を思い出す。ステージに立っている時よりもずっと美しくて、真司だけが知る本当の志保だった。

『では、顔合わせの日を設定しましょうか？　私としては、有名精密機器メーカーの……』

潔の声で現実に戻される。見合いの話をしていると理解した瞬間、真司は勢いよく立ち上がる。

「諦めない」

『はあ？』

自分とよく似た声が訝《いぶか》しんでいた。真司はそれを無視して、自分の気持ちともう一度向き合った。

「ステージに立つ姿だけじゃない。本当の志保に、俺はもう一度恋したんだ」

だから。まるで何かの宣誓のようだ。今ここで立ち上がらなければ一生出会えない。

「お見合いはいい。俺は志保を探す」

『……そうですか。では、明日は都内のキラキラマンミュージアムのリニューアルオープンですから帰ってきていただけますか？』

真司の一大決心も、潔にとってはどうでもいいことのようだ。しかし、やけにあっさり認めたな、と思っていると相手もそれを察したようだ。

『揃いも揃って熱い恋をしていますね』

「どういうことだ」

『そのままの意味です。大変でしょうが、すぐに帰ってきてください。さすがにそちらにまでは迎えに行けませんので』

「わかった」

そう返事をして、通話を終了する。絶望と希望のはざまで揺れ動いた日だったが、改めて志保への愛を再認識した真司の心はひどく晴れやかなものだった。

◇　◇　◇

「会いたい……」

ごつんと鈍い音が車内に響く。窓にぶつけた額にじんわり広がる痛みは、心の痛みとリンクしていた。昨晩、本当なら『ひさえ』に寄って志保の居場所を聞こうとしたが、東京着の終電の時間を考えるとそれも難しかった。改めてもう一度訪問しなければと思っているうちに、泥のように眠ってしまった。

一晩寝てすっきりした頭に浮かんだのはとにかく『会いたい』という思いだった。

七時過ぎに潔の迎えがあり、本社に少しだけ顔を出したあと、今はリニューアルオープン予定のキラキラマンミュージアムに連行されている。真司もオープンを楽しみにしていたため、視察は大歓迎なのだが、いかんせん心の中に占められている存在が大きい。

「腑抜けたことを言ってないできちんと仕事をしてください」

「わかってる。この企画書、どこが立てた」

タブレットに表示された書類に真司はコメントを残す。仕事をおろそかにするつもりはない。目の前のことをこなしつつ、志保を見つける最短ルートを探っていた。

走る車のドアを開けて飛び降りてやろうかと思うくらいだ。それほど志保への気持ちを抑えられない。

「まあ、そう焦らなくても。そのうち会えますよ」

「お前、本当にそう思ってるのか？」

「ええ。最初は気に入らず、別れろと迫ったりしましたが」

真司のコメントを確認するため、タブレットの上をすいすいと動いていた潔の手を掴む。

「痛いです」

「どういうことだ」

「言葉の通りです。僕は兄と付き合うなと、別れろと言いました」

「聞いていない」

言ってませんからと、潔はしれっと答える。

「でも、彼女は別れを選びませんでした。兄さんの隣に立つにはどうしたらいいのか。そんなことまで聞いてきたんですよ」

「なんだと……？」

「最高学府に入学して、それなりの企業に就職して、それなりの役職についてほしいと言いました。そう、もも子さんのように」

真司は目を見開く。潔の盲目さは知っていたが、まさかここまでとは。自分の浅はかさを呪いつつ、潔への怒りがあふれ出る。

「っ！　志保から奪ったのか！　あの子が輝ける場所を！」

狭い車内ということを忘れて、潔の胸倉を掴むが、弟の目には悪びれた様子もない。

「まさか」

「……はあ？」

「まあ、彼女はそれでもやる気だったみたいですけど。僕が出した条件は……」

潔の言葉が途切れる。真司が胸ぐらを摑んだせいで落ちたタブレットから大音量の音楽が流れ始めたのだ。

『みんなのヒーロー、キラキラマンにまた会える！　みんな大好きキラキラマンミュージアムがリニューアルオープンするよ！』

タブレットの画面には、リニューアルオープンする都内のミュージアムの宣伝動画が流れていた。潔のシャツを離し、タブレットを拾い上げる。なんということもない動画のはずだが、どうしても目が離せない。

映像の中心にはステージショーのMCである女性。その両隣にキラキラマンとママワの着ぐるみが並んでいる。みなが知っている歌とともにダンスをする三人の姿からどうしても日が離せない。

『ミュージアムは、十時オープンだよ！』

ばいばい。と元気よく手を振りながら、動画は終了した。どくどくと脈打つ鼓動が鼓膜を揺らし、考えがまとまらない。

――行かなくては。

時計を見ると、オープンの時刻が迫っている。

「潔！」

弟の名を叫ぶ。混乱する真司の耳に、潔の冷静な声が届いた。

「今向かっていますので」

「っ、」

先ほどの怒りが消えたわけではないが、今はそれどころではなかった。動画の中には、真司が欲してやまない存在のかけらがあった。真ん中に立つＭＣの女性は志保ではないにも関わらず。ソワソワする気持ちを落ち着けようと仕事に戻るが、中々切り替えられない。絶対にオープンに間に合わなくてはいけない。真司の本能がそう告げ、心がざわめく。

「……先ほどの続きですが、彼女は決して兄さんを諦めようとしなかった。僕の嫌味や中傷にも負けずに。いくつかの条件を出したのですが、彼女は……まあ、何とかクリアしたようですよ」

知らない間に進んでいた話に真司は驚き、苛立ちを覚える。志保のことなら何でも知っていた。潔が知っているならなおさらだ。隠しきれない嫉妬をあらわにして、大きく舌打ちをする。

「とりあえず、急いでくれ」

「かしこまりました」

志保、志保。今どこにいる。

心の中で何度も名前を呼ぶ。頑張る。彼女はそう言っていた。理解したふりをして、何も分かっていなかった。志保が並々ならぬ決意をしていたことなんて知らなかった。

「俺だけ何も知らなかったなんてな」

「僕が兄さんに言わないようにと言いましたから」

志保の言えない隠し事はこのことかとようやく理解する。あのときにもう少し踏み込んで聞いていればよかったと今更ながら後悔した。

「彼女、意外としたたかですね」

「そうだろ? 強くて、しなやかで、優しくて……魅力に溢れている」

「僕の好みではないですね。一歩下がっているようで、そうでもない感じとか」

「お前の好みはぐいぐい引っ張って行ってくれる人だろうな」

「っ、そんなこと、ありません」

真っ赤になった潔には、思う女性がいるのだろう。仕返しとばかりにからかうと、「この話はおしまいです」とシャットアウトされてしまった潔の表情を見れば、気持ちがだいたい伝わってくる。兄の愛した女性を、おそらく認めてくれたのだろう。しかし、真司は勝手なことをした潔にくぎを刺すのを忘れない。

「潔、二度目はないぞ」

「……承知しました」

天気も良い休日ということもあり、人出も多い。いつもよりもゆっくりと進む車に、真司は焦りを隠せない。出張先で聞いた声が思い出される。

元気か？　と尋ねた。

『はい。元気です』

そう明るい声で答えてくれた。

『私も、頑張っています』

そう言った志保の晴れやかな声を思い出す。変わったことなどないのだろうと思っていたのに。真司が思うよりも志保は、ずっと行動力があって強い女性だった。自分が側にいなくてはとあれこれ画策していたことを恥ずかしく思う。

もし、都内のミュージアムにいるのであれば、オーディションがあったはずだ。動画に志保の姿はなかった。だが、今の潔の態度は志保がそこにいると言っている。

――ああ、もうやめだ。

ごちゃごちゃ考えるのはやめる。

ショーを観ればすべて分かるだろう。そう思った真司は、足を組みかえ、瞳を閉じて到着を待った。

12　私はわがまま！　ママワちゃん！

「それでは、合格者を発表します。受験番号、三番」

「はいっ！」

「それと、十八番の方。この二人をキラキラマンミュージアムの新規ステージMCとして採用したいと思います」

　ああ、ダメだった。志保は落ち込む自分を隠して拍手をする。オーディションは過酷だった。自分の周りの受験者は年下ばかりだった。下手すると、十近く下の子もいただろう。受かるはずない、と思っていたオーディションだったが、仙石市のミュージアムでの経験のおかげか最終選考に残ることができた。

　その最終選考の結果が今発表された。もちろん、志保は不合格だった。わかっていたことだが、悔しい。前に立つ二人を羨《うらや》ましく思い、自分がいかにこの仕事が好きだったか改めて思い知らされた。しかし、後悔はなかった。

　初めて自分の未来のために努力した。

　過去のしがらみから解放され、自分が目指す未来のために歩みだした日、先が見えず怖かった。

ミュージアムと『ひさえ』を辞めると告げたときのことを思い出す。ミュージアムの同僚達に泣かれ、後ろ髪を引かれたのも記憶に新しい。

『ひさえ』の店主と妻は快く送り出してくれた。引っ越しの日に特製弁当を作って持たせてくれてとても嬉しかった。

『志保ちゃんはいつか旅出っていくと思っていたよ』

『そうね。お世話になりっぱなしだったから……向こうに行っても応援しているからね』

そんな風に言われ、志保は言葉に詰まった。穏やかな二人は、志保にとって両親に近い存在だった。一度仙石市のことを思い出すと、次々思い出が浮かんでくる。

そして、ミュージアムを辞めると伝えたときの絵里奈の号泣はすさまじかった。

『どうしてですか！　私、やっと志保さんに……負けないって、頑張ろうって！』

泣きながら迫る絵里奈の迫力に、たじろいでしまった。

『だめです。やです。まだ一緒に働きたいです……男についていくなんて時代遅れですよ！』

痛いところを突かれてしまった。しかし、志保ははっきりと反論する。

『私ね、自分のために進もうって決めたんだ。それに真司さんが関わっているのは否定しないけど、高橋さんが惜しんでくれて嬉しいよ』

『ず、するい～～！　そんな風に言われたら何も言えない！』

わんわんと大きな声で泣く絵里奈をぎゅっと抱きしめた。

『絶対に、成功してくださいよ。会いに行きます。あと、私はここで立派なステージMCになってみますから。帰ってきたいって言ったって志保さんの帰る場所はないんですからね！』

ぷい、とそっぽを向かれ、志保は声を上げて笑ってしまう。

『だって、高橋さんがわがまま言ったほうがいいって言ったんだよ？』

『そうだけど～！　こんなの、わがままが過ぎますよ～！』

もう、もう！　と叩いてくる絵里奈に、いつまでも笑いが止まらなかった。

浮かんだ思い出に口元が緩む。まだオーディションの講評中だったことを思い出し、志保は慌てて口元を引き締めた。

「では、合格者はこれから厳しいレッスンが始まります。みなさん、お疲れさまでした」

ああ、これで本当に終わったんだ。後悔はなかったが、少しだけもの悲しい。

「あ、そうだ忘れていた。え～と。二十七番の、広橋志保さん」

奇しくも年齢と同じ受験番号。自分が呼ばれたことに驚き、顔を上げる。すると、先ほどまで講評を述べていた館長が志保を手招きしている。他の参加者はもう帰り始めていた。

「は、はい」

「少しお時間をいただいてもいいですか？」

「あ、はい……」

「ステージMCではないんだけど、君にお願いしたいことがあって」

お願い？　どんなことだろう。志保は館長の言葉に耳を向ける。

「MCは残念ながら不合格でしたが、経験豊富なあなたを手放すのは惜しいです。そんなあなたを見込んで、着ぐるみスタッフとして採用したいのですが」

「……え？」

「子供たちとミュージアム運営のためにぜひ協力をしてくれませんか。あ、それともう一つ」

館長が人差し指を立てる。

「こちらも今までの経験を活かして……ですが」

志保はその申し出に迷うことなく頷いた。


オーディション結果の帰り道。最寄り駅まで着いたところで志保はロータリーのベンチに座った。自分がここから逃げ出して九年。町はすっかり様変わりしてしまった。駅前は再開発が進み、反対側の出口には大きな商業ビルが建っていた。志保の家がある出口も整備され、街路樹が植えられた温かい雰囲気へ様変わりしていた。ちょうど学生たちが帰る時間と重なったのか、制服を着た子供たちがそれぞれの帰路についている。ぼんやりとその姿を眺めながら、自分の過去を振り返る。母親、弟妹たち、義父。家族は志保にとってすべてだった。

——大切だったんだ。私にとって本当に。

一度崩れ去った絆を取り戻すのは容易でないと悩んだ九年だった。しかし、人を愛することを知り、その人に恥じないように生きたいと願ってしまった。

——前のように戻れなくても、みんなとまた過ごせたらと願ってしまった私のワガママ。

電車が到着するたび、人の流れが増え、減っていく。あの人はこれからどこに向かうのだろう。と想像しながら、自分の帰る場所を想像する。ほとんど音沙汰のなかった志保を家族は受け入れてくれた。昔と全く変わることなく。変わったことと言えば、一番下の妹がもう高校生になっていたことだった。志保と同じ高校へ行き、同じ制服を着て、嬉しそうに笑う妹を思い出す。額にうすく残る傷は志保の罪の証だ。思い出すと胸の奥がぎゅっと締め付けられる。家に帰りたいと思いながら、毎日毎日罪悪感に苛まれるのも事実。しかし、志保はゆっくりと立ち上がる。

「お姉ちゃん！」

歩き出したと同時に背中に声がかかる。振り返るよりも先に背中に衝撃が走った。

「志織」

「お姉ちゃん！　私のこと、待っていてくれたの？」

前髪をしっかり上げたポンパドールのせいか、丸い額が志保の視界に入る。薄く残る傷が見えて、またずきりと胸が痛む。しかし、当の本人は傷を全く気にする様子もない。その強さと優しさに、志保は救われていた。

「待っていたわけじゃないけど、会えたからそういうことにしようかな」

「へへ、何でもいいや。一緒に帰ろ！」

「そうだね」

志保よりも少し背の低い志織が手を繋いでくる。まるで昔に戻ったような行動に、志保は目を丸くして驚く。

「ねえねえ、お姉ちゃん。肉まん食べたい」

駅前のコンビニを指さし、志織がそんなワガママを言い出す。末っ子ということもあり、甘えん坊だ。

「ええ？　今？　お母さんがもうご飯を作ってるって言っていたよ」

「いいじゃん！　半分こしよ！　皆には内緒！　ね？　ダメ？」

ダメ〜。と志保が続けると、志織がぶうぶうと唇を尖らせている。絵里奈を相手にしていたことを思い出し、思わず笑みがこぼれる。

「ケチ。お姉ちゃんのケチ」

「はいはい。また今度ね」

そんな風にじゃれあっていると母親から着信が入る。歩みを止めて、人の邪魔にならない所に移動する。そして、通話ボタンをタップした。

『志保？　今どこ？』

心配したような声に、くすぐったさを感じる。志織と合流しこれから帰ることを伝えると、ほっと息を吐くのが聞こえた。オーディションの結果発表の日ということもあり電話をかけてきたのだろう。志保はゆっくり息を吸って次の言葉を口にした。

「お母さん。オーディション、だめだったの」

『……そうなの。じゃあ、今日は残念会だね。志保の好きなハンバーグ用意しようか？』

「お母さん、私、もうハンバーグより和食のほうが好きになっちゃったよ。久しぶりにあれ作って。油揚げの中に卵を入れて煮たやつ。甘辛い味付けの」

『そんなんでいいの……？』

「うん。それが食べたいの。でも、別の仕事で雇ってもらったから就職は決まったよ」

『え！　じゃあ、おめでとう？　かしら』

潔が提示した条件は、リニューアルオープンするミュージアムのステージに立つこと。そして、家族と和解することだった。

志保にとって九年離れていた家族へ自らアプローチするのはとても怖かった。けれども過去を振り返らず、未来を見据えた自分にとって、いつまでも怖がっていられるものではない。

しかし、志保の恐怖は杞憂に終わった。勇気を振り絞った結果、こうしてまた家族の絆を繋ぐことができた。過去の過ちを謝る志保へ、両親と弟妹たちは首を横に振り、自分たちが悪かったのだと泣きながら謝罪してきた。お互いがお互いに謝るという謝罪合戦がはじまり、同時に吹き出して再会は終了した。

そして、現在志保は実家に身を寄せている。十年弱離れていた分を取り返すように今は家族と過ごす時間が愛しかった。

『何はともあれお疲れ様。気を付けてね』

「うん、帰ったらお帰りって言ってね」

『うん。もちろん』

母親との通話が途切れたあと、志保は幸せから口元が緩むのを押さえられない。隣にいる志織が早く帰ろうと急かしてくるため余韻には浸れなかった。けれども繋いだ手から感じる温もりが、幸せな時間が本物だと教えてくる。

世界がキラキラしていて、毎日が幸福で包まれていた。

「お姉ちゃん！」

先行く志織に引っ張られるように早足になる。志織の背負うリュックに付いているママワのマスコットが楽しそうに揺れている。自分の理想が現実となった世界を噛みしめながら志保はその後を追った。

◇　◇　◇

帰宅して、志保のリクエスト通りの料理を堪能した。やっぱりハンバーグも作ってあり、心が温まる夕食だった。片付けも弟妹たちが手伝ってくれ、志保はすることがない。

しかし、志保にはまだ最難関と言えるものが残っていた。

電話をすると言って一人自室に戻る。

すう、はあ、とスマートフォンの前に志保は深呼吸をする。準備はできていた。番号を間違えないようにタップしていく。数度のコール音の後に、もしもし、と硬い声が聞こえた。その響きが真司のものに似ていて、志保は一瞬だけどきどきしてしまった。

「広橋さん？」

「あ、すみません」

報告したいことがあります。と続ける。声のトーンでもうバレてしまっているかもしれない。

「はい。どうぞ」

「……オーディションはダメでした」

不合格だったことを伝えると、大きなため息とともに「当たり前でしょう？」と返ってきた。しかし、志保は食い下がった。

「ステージに立つのが条件でしたよね？」

「ええ。でもあなたはオーディションに落ちたのでしょう？」

「はい。でも、ステージには立てます。着ぐるみスタッフとして採用されました。それだけではありません。もう一つ……」

「そうですか。では、兄が帰国したらそのようにお伝えください」

潔の出した条件は『ステージに立つ』だった。不合格だったことをもも子にも報告したところ、ステージに立つことには変わりはない、粘れ！　と言われ、志保はその言葉の通り潔に食い下がろうとした。もしダメでも、自分は真司を諦めるつもりはない。それを訴えようとしたが、あっさり認められて拍子抜けしてしまう。

「……え？」

「何ですか。不満ですか？」

「いえ、でも」

「僕は正直、最終選考まで残るなんて考えもしなかったんですよ。二十七歳と年齢も高めですし」

「……その通りですね」

でも、と潔は言葉を濁した。志保は電話口で次の言葉を待った。

「あなたが、ママワに選ばれたのはきっと必然なんでしょうね。これで条件はクリアですね」

「あ、家族のことですが」

「ええ。存じ上げております。今度のショーにも来てくださるそうですね」

どこまで知られているんだろうと思ったが、知らない方がいいこともあると心の中に留めておく。潔は本当はすごく優しい人だと志保はしみじみ思った。厳しいことを言いつつも、自分のことをよく見てくれている。

「潔さんは本当にお兄さんとよく似ていますね」

「っ、な！」

ぽろりとこぼれ出た本音は、面白いほど潔を動揺させたようだ。電話越しでもわかる慌て具合に志保は思わず笑ってしまった。

「もういいです。条件はクリアしたんですから。僕からは言うことはありません」

「……あの、私が言うのもなんですが、いいんですか？」

「ダメと言ったら引き下がるんですか？」

「いいえ。何とか納得してもらう方法を考えます」

きっぱり言い切る。すると、小さな笑い声が聞こえてきた。

「でしょう？　僕は面倒ごとが嫌いなので」

では、と言われ通話が途切れる。あまりにあっけない結末に、志保は何だか呆然としていた。

遠い地にいるはずの恋人に思いを馳せる。家族のこと、仕事のこと、今の自分のこと。早く会って話したい。

――あなたが美しいと言ってくれた私にもう一度なることはできなかったけれど。

志保は今の自分に自信を持っていた。もう過去に捕らわれ、後ろばかり見ていた自分ではない。

でも、ステージで歌うことはもうない。ステージに立つ自分をヒーローのようだと言ってくれた真司を裏切るような形になってしまった。それを許してもらえるだろうか。そんなことを考えると、少しだけ不安に苛まれる。

――初めてのショーが終わったら、全部話そう。それでもし、受け入れてもらえなかったら。

そこまで考えて、思考が停止する。自分はどうするだろうか。

また逃げて、過去に捕らわれたままうずくまるのだろうか。

志保は首を横に振る。今の自分は違う。

――もう一度振り向いてもらえるように。

ただ、努力するだけだ。

「お姉ちゃん！　お母さんがリンゴむいてくれたよ！」

「はーい！　今下りるね～！」

はやく、早く会いたい。その気持ちだけが今の志保の原動力だった。

◇　　◇　　◇

ミュージアムのリニューアルオープン日。せわしなく人が行きかう現場は、緊張感が漂っていた。久しぶりに感じる空気に、志保の胸が躍る。ステージＭＣのオーディションは落ちてしまったが、ステージのことをよく知っている上に、面接の際に語ったキラキラマンへの愛を買われ、着ぐるみスタッフとして雇われた。しかも、役はずっと憧れていたママワだった。練習では何度も着ぐるみを被っていたが、今日初めてステージに立つ。

リニューアルオープン初日ということもあり、観客は満員だ。こんなにもたくさんの人の前でステージに立つのも初めてだ。あまりの人の多さに足がすくむ。今回のショーのテーマは、イースターだ。イースターエッグを探すキラキラマンたちをママワが邪魔をするという物語。アニメの声優のイメージ吹き替えを壊さないように、全身でママワを演じる必要がある。MCの時とはまた違う技術が求められる。なによりも、重たい着ぐるみを着てダンスするというのは本当に体力がいる作業だった。

「……あ、」

のぞいた観客席に、家族の姿を見つけた。嬉しさのあまり、じわりと涙が浮かぶ。待ち望んでいた未来が目の前にあった。本当ならばこれで満足しなければいけないのに志保の心には小さな穴が開いたままだった。初めてのステージ。本当は真司に観てほしかった。

そんなわがままな思いを抱いていた。

──ダメダメ。これが終わったら言うって決めてたんでしょ？　ケジメをつけなきゃ。

舞台裏に戻ると、ちょうどスタッフから声がかかる。

「着ぐるみ隊、準備をお願いします！」

「はい！」

重たい着ぐるみに袖を通す。その瞬間から、志保は気持ちを切り替える。

——私は、わがまま。ママワちゃん。

彼女の登場シーンのお決まりのセリフを頭の中で何度も繰り返す。

自分の気持ちに素直に。わがままにふるまおう。

「頭をかぶせますね」

「はい。お願いします」

ママワの頭を被れば、もう志保はママワになる。

私は、わがまま！　ママワちゃん！

志保はもう一度心の中で唱えた。


『ママワちゃんがイースターエッグを独り占めしちゃったよ〜！』

『ママワちゃん！　イースターエッグはみんなのものだよ！』

『うるさい！　うるさい！　うるさ〜〜い！　これは、私のものなの！　だって、私はわがままなんだから！』

ここでママワのテーマソングが流れる。着ぐるみの重さを感じさせず、志保は華麗にステップを踏む。軽快で、ちょっぴり意地悪なマイナー音とベース音が響いたら、思い切りジャンプ。練習中に勢いよく飛びすぎて頭が飛んでしまったことがある。そんな失敗を繰り返さないように加減する。見事に着地を決めたら、ママワ得意のぶりっ子ポーズだ。

『ダメだよ。ママワちゃん。みんなで探したほうが楽しいよ』

『そんなこと言うなら、私と勝負しなさい！』

大好きなキラキラマンに反抗してしまう、いじらしい乙女心を演じる。進む話に合わせて、ママワのワガママも爆発していく。しかし、最終的にはママワがみんなに謝罪をし、仲良くイースターを楽しむ。そんなありがちなストーリーだ。でも、このステージを観に来てくれた人にとっては大切なひと時だ。観客が楽しめるように。笑顔になれるように。そんな思いで、ママワを演じた。

『みんな、また遊ぼうね～！』

元気いっぱいに手を振るＭＣの隣に並び、志保は手を振る。時折、『ママワちゃん！』なんて子供の声も聞こえてきた。胸がいっぱいになり、着ぐるみの中でじわりと涙が浮かぶ。

緞帳が下り始めた時、志保は強烈な視線を感じた。狭い視界の中で目を動かし、客席を見回す。

――……そんな、信じられない。

親子連れの多い観客の中に不似合いなスーツ、少し身を乗り出すようにじっとこちらを見る男性がいた。

――うそ。うそでしょ。

遠くからでもすぐに分かってしまう。

志保は動揺する気持ちを必死で押さえる。緞帳が下り、ショーが終了した。

「お疲れさまでした！」

舞台裏スタッフが着ぐるみの頭を取ってくれる。志保は汗だくだった。

「ありがとうございます」

「お疲れさまでした。しっかり水分を取ってくださいね」

「はい」

この後、抽選で選ばれた人とキャラクターとＭＣと一緒の写真撮影があるが、ステージの着ぐるみと撮影用の着ぐるみは違う人物が行う。演者の負担軽減のためらしい。置いておいたマグボトルを手に取り、口にする。冷水が体に染みわたると、冷静な思考が戻ってきた。

――あれは、絶対に真司さんだった。どうして。

真司は自分に気づいたのだろうか。しかし、着ぐるみを着ていた志保をわかるはずはない。もしかしたら、リニューアルオープンに合わせて来ていたのかもしれない。先ほどまで観てほしいと願っていたはずなのに、現れたら現れたで複雑な気持ちだった。潔が伝えたのかと思うが、面倒ごとは嫌いだと言い切った彼がわざわざ伝えるとは思えない。

まさか会えると思っていなかったので、心の準備が全くできていない。初めてのショーを成功させた喜びも達成感も、今はどこかへ行ってしまった。

――どんなに頑張ったって、すぐに私の心の中をいっぱいにしちゃう。

溢れそうな恋心に、仕事中ということを忘れてしまう。これではいけない、と志保は自らママワの頭をもう一度被った。着ぐるみの中でゆっくり心を落ち着けたかった。幸いなことに、周囲にスタッフはいない。深呼吸をして、少しずつ冷静な思考を取り戻していく。

――どちらにしたって今すぐ会えるわけじゃないんだから。

今日のショーは一度きりだったが、明日からは連日のショーが待ち受けている。それに、志保はもう一つの仕事を任されていた。

ずっと憧れていたママワになれたこと。それだけではない。今の志保は、うずくまっていじけていた過去が無駄ではなかったと胸を張れる。

――よし。

その仕事に向かおうと立ち上がったときだった。

「見つけた」

どくん。着ぐるみの息苦しさだけではない。心臓が大きく脈打つ。重たい布地に包まれていても、優しい声を拾ってしまう。志保は声のした方にゆっくりと振り返った。

「見つけた」

狭い視界にはスーツとネクタイしか映らない。でもそれが誰かなどすぐに分かってしまう。しかし今自分はママワの着ぐるみを着ている。分かるはずがないと思っていた。

「……憧れのママワになれた気分はどう？」

「っ、」

どうして。唇が音にならない言葉を紡ぐ。戸惑いをそのままに、一歩後ずさると、ネクタイが追いかけるように近づいてきた。

「顔を見せて」

「……あ、」

ママワの頭に手がかかる。志保が阻止するよりも前に、頭部が取り払われた。新鮮な空気を吸い込むと、記憶の中にずっと残っていたウッディの香りがした。

「っ……あ、」

「志保」

短く名前を呼ばれ、強い力に抱き寄せられた。

「……志保！」

もう一度名前を呼ばれた瞬間、志保の涙腺が崩壊した。真司の背中に迷わず腕を回す。

「っ、真司、さん」

「……ああ、志保だ。やっぱり志保だ」

強く抱きしめられ、汗だくの頬に真司が唇を寄せてくる。

「あ、私、汗が……」

「関係ない。ステージに立つ志保があまりに綺麗でもう我慢できない」

綺麗。真司はそう言った。着ぐるみを着ていたはずなのに。ステージMCと混同しているのではないかと思ってしまう。

「ステージのためにママワになりきる志保が……眩しくて。本当に美しかった」

真司は容姿のことを言っているのではない。志保のステージへ向き合う思いを綺麗だと言ってくれているのだ。それを理解すると、また涙が溢れてきた。年齢でも、見た目でも、『みんなのお姉さん』という肩書でもない。志保自身を見てくれていたのだ。

「っ、」

心の中に開いていた穴がじんわりと埋められていく。足りなかったのは真司だった。背中に回した腕に力を込めて、体を寄せる。擦り寄せた頬が触れ合った。

「志保は、憧れの存在になれたんだろう？」

「……はい。でも、ステージＭＣのオーディションは落ちちゃったんです」

涙が止まらない志保は、ずず、と鼻をすする。

「いや、俺はキラキラマンになりたいと思っていたけど、なれなかったから。すごいよ」

「……真司さんは私に、甘い」

「今頃気づいた？　俺は志保を甘やかすことしかできないんだ」

「そんなこと……」

「あるさ」

鼻先にキスが落ちる。頬、額、瞼、涙に濡れた目尻にも。最後は唇。待ち望んだ志保は薄く唇を開く。しかし、キスは落ちてこなかった。

「……？」

「俺のいない所で、いろいろ決めるだろう？　いつ引っ越した？」

怒った口調で言われ、志保は慌てた。しかも、引っ越しのことまで知られてしまっていた。ミュージアムと『ひさえ』の引継ぎのためぎりぎりまで仙石市にいた。慌ただしい引っ越しになってしまい、真司への連絡が遅くなってしまったのだ。

「ちが、あの、」

「まあ、その話はゆっっっっくり聞かせてもらうとして」

言い訳をしようとしていた唇に人差し指が置かれる。

「会いたかった」

「私も、です」

言い終わる前に唇が重なる。揺れた肩ごと抱き寄せられ、口づけが深くなる。志保が薄く唇を開くと待っていたかのように厚い舌が入り込んでくる。舌を弄ばれちゅう、と吸い上げる音に体がうずいた。気の遠くなるほど長いキスは、離れていた時間を取り戻すかのようだった。汗だくの髪を撫でられ、着ぐるみ越しに体を撫でられた。何かの確認作業のような手つきに、志保はされるがままだった。

ゆっくり唇が離れていく。息をするのも忘れるほど激しいキスから解放され、志保は息を整える。

「……そういえば、どうしてここに？」

「ああ、オープン告知の動画を観たら志保がいたから」

「……え、だって私、映ってなかったはずじゃ……」

「まあ、そこは、愛の力かな」

ちょん、と鼻先にキス。ふざけた言い方だったが、おそらく本当のことだろう。志保は恥ずかしさを隠すように鼻先を撫でた。

「ああ、悪い。もう少し話をしていたいところだが、そうもいかないんだ」

「わ、私も……」

真司の時計を覗き込むと、思ったよりも時間が経っていた。

「今日は何時上がり？」

「今日は確か十九時だったと思います」

「分かった。その時間に必ず迎えに来る。正面入り口で待っていて」

真司が最後の言葉を直接耳に吹き込むので、おさまりかけていた体のうずきが再燃してしまう。熱くなる体を抱きしめて、志保は去っていく真司の背中を見つめていた。

「あ、待って」

「……？」

「ありがとう。迎えに来てくれるのを、待っているね」

甘やかされることに慣れるのではない。いつだって、感謝して、愛を返す自分でいたい。そんな気持ちを込めて、笑みを浮かべた。

「……どうして、俺は仕事なんだ」

「え？」

「いや、なんでもない。今日の夜、覚悟しておけよ」

そう言われ、志保はまた笑う。とても晴れ晴れとした気持ちだった。

13　二人だけの世界

「志保」

久しぶりに愛車に乗り、時間より三分ほど遅れて到着する。ミュージアムの入り口に立つ志保に、車内から声をかけた。オフホワイトのニットと、ラベンダーカラーのロングスカート。離れている間に、自分に似合う服を見つけたのだろう。自分の殻を破り捨てた彼女はとても美しい。

「お待たせ」

「いえ、車なんですね」

助手席を開けると「ありがとう」とほほ笑まれた。以前はどうやって笑ったらいいのか分からないような顔をしていたが、今は自身に満ち溢れた笑みを携えている。不器用に笑う姿に、守ってやりたいと思っていた。でも今は美しくてただただ見惚れてしまう。幼く、成長を拒んでいた志保はもうどこにもいない。そこにいるのは誰もが振り返るような素敵な女性だった。

「……綺麗になったな」

「……ええ？　やだ、もう」

照れたのか赤くなった頬を撫でると、少しくすぐったそうに身をよじる姿に、堪えきれない愛しさがこみ上げてきた。

「私が綺麗になりたいって思えたのは真司さんのおかげなんだよ。隣に並べるように頑張ったの」

「っ、」

こみ上げてきた愛しさが爆発する。もう絶対に、二度と離れはしないと心に決め、真司は車を発進させる。行先は、一つ。二人きりになれる場所だった。

◇　◇　◇

狭い、1Kのアパートではない。壁も薄くない。硬いせんべい布団でもない。どれだけ声が漏れても構わない場所。すなわち自宅だ。高層マンションの角部屋が気に入った真司が数年前に購入した。真司は駐車場に車を停めると、下りた志保の手を取る。

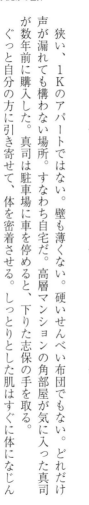

ぐっと自分の方に引き寄せて、体を密着させる。しっとりとした肌はすぐに体になじんだ。

そのままエレベーターに乗り込む。ここが家だと説明すると、志保は少し安心したように表情を緩めた。今すぐここで重なりたい。そんな危ない思考を追い出すように、さらに体を寄せる。ミュージアムでシャワーを浴びたのか、フローラルな香りが鼻をくすぐる。久しぶりの志保の香りに、自分の香水が混じる。

「余計なものをつけてきたな」

「……え？」

「ああ、香水の話。せっかく久しぶりの志保の香りなのに、自分の香水が邪魔をしているから」

「私は好きです。この香り。真司さんだなあって実感できるから」

志保は確かめるように胸元に顔を寄せて、すん、と鼻を鳴らした。その仕草がどうしようもないくらい愛しくて、真司はそのまま志保を胸に抱く。

「ああ、だめだ。我慢できない」

きょとんとしている志保の顔を持ち上げ、勢いよくかぶりつく。すぐに舌を入れ、口内を犯す。口蓋《こうがい》から歯列を隅々まで舐めあげて、逃げる舌を追う。そして志保の柔らかい太ももの間に自分の足をねじ込む。スーツのスラックスが邪魔で仕方がない。布越しの感触では物足りない。その物足りなさを補うように、キスを深くしていく。下肢に力を込めて、志保の体を持ち上げるような体制になる。少しだけ浮いた体を支えるように抱き込むと、くぐもった声が漏れた。真司の太ももが志保の中心部を乱暴に刺激したようだ。

「ん、ふっ」

やめなければ。そう思っていても、キスが止まらない。足を少し動かすと、志保が唇の隙間から喘《あえ》ぎ声を漏らした。甘い声に夢中になっていると、ぽん、と拍子抜けする音が響いた。エレベーターのドアがゆっくりと開くが、思考は冷静にならない。薄手のニットの裾から手を入れる。志保の柔肌に手で触れ、軽い体を壁に押し付けると、か細い腕が首に回された。唇が離れ、吐息が混じる。視線を重ねながらもう一度唇を重ねた。

あちらにいた頃より少し痩《や》せていた。視界の端にエレベーターのドアが閉まるのが見えた。それを阻止するため、足を延ばす。がん、と鈍い音が響いたところでやっとキスをやめることができた。

「……あ、」

「もうすぐだから」

離れるのが惜しい。早く、早く。そんな急ぐ気持ちを堪えて、距離を取る。未だ呼吸の整わない志保を半分抱えるようにして、やっとエレベーターを下りた。自分の部屋までの数十歩が遠い。やっとの思いで玄関にたどり着き、手をかざした。指紋認証とは便利なもので、一秒でも惜しいときに力を発揮してくれる。

「入って」

「……あ、はい」

玄関を開けて志保に入るよう促し、自分も後を追う。玄関が閉まるよりも先に、志保を背後から思い切り抱きしめた。

「っ、真司、さん」

「うん、わかってる」

こんなところではしない。わかっているが体が動かない。二人きりの空間に、様々な思いがあふれ出る。

——君に、会いたかった。

電話やメールはどうしても一方通行だ。どんなに世の中が便利になっても、こうして会って触れ合うことには敵わない。

「何をしていても、志保を思っていたよ」

「……あ、わ、私も」

「うん」

狂おしいほど、志保を愛している。耳元でそう囁く。聞こえた返事は、真司の渇いた心を満たしていく。

「ベッドに」

「あ……」

赤く色づいたうなじ。そして、小さく頷く姿。理性などどこにもなかった。

◇　　◇　　◇

「あっ、だ、めぇ……！　あぁっ！」

「ダメ、俺もダメだから、ダメ」

むき出しの白い肌に思い切り吸い付く。吐息を吹きかけると、組み敷いた裸体が震えた。きし、きし、とベッドが規則的に軋む。眼下には絶景が広がっていた。

真っ白い肌に咲いた紅い花は志保が自分のものという証。興奮しきっているのは自覚していた。自分の下で喘ぐ志保を余すことなく脳裏に焼き付ける。揺れる乳房に吸い付くと、より一層甘い声が真司の脳髄を刺激した。五感すべてで志保を感じようと、全神経を集中させていた。赤く腫れあがった乳首を舌で押しつぶす。ころころと飴を舐めるように転がせば、早く反対側もしてほしいと言わんばかりに揺れていた。

「っ、はあ」

「ん、ああ……し、んじさ……」

体を起こして、志保と自分がつながる場所に手を這わせる。片足を持ち上げて、肩にかける。濡れそぼった秘所の蜜を塗りつけ、クリトリスを撫でた。蜜壺の奥と、外。同時に責めたてれば、真司の陰茎を痛いほど締めつけてくる。一瞬持っていかれそうになったが、すんでのところで耐える。唇をきつく噛んだせいか、じわりと鉄の味が広がった。志保の目が真司の唇の傷を見つける。するど、労わるように目を細めて、唇を合わせてくる。すると、自分の赤が、志保の唇を汚した。その赤はひどく毒々しく、自分の奥底に眠るどろりとした醜い感情が現れているようだった。

美しくなった彼女がもうどこにも行かないように閉じ込めておきたい。自分の中に芽生えた初めての感情。これが人を愛することなのだろうか。

するとし、志保の小さな舌が、真司の汚れた感情を舐め取る。驚きに目を見開くと、赤い唇がゆるりと弧を描いた。初めて出会ったときからは考えられないような妖艶な仕草、表情……見惚れていると、志保がゆっくりと腕を伸ばしてくる。細い腕を摑み、たまらず柔肌に唇を寄せた。

「ミュージアムにいるときだけは、子供たちの憧れであっても」

自分の口から出たのかと信じられないほどの低い声だった。女性として花開いた志保と、確かな結びつきが欲しい。唐突にそう思ってしまった。

「それ以外は、すべて俺だけの志保で」

「っ……あ、」

腕を摑んだまま、抽迭を再開する。返事をもらうため、焦らすようにゆっくりと。

「志保?」

そう言いながらも自分も余裕がない。汗が肌を伝い、志保の白い肌の上に落ちる。あちこちにはねた汗は、薄暗い中で小さな輝きを放つ。所作も、声も、自分に汚された体すら美しい。こんなに美しい女性とどうして今まで離れていられたのか不思議で仕方がない。

自分の下で快楽を味わおうと志保がゆるゆると腰を擦り付けてきた。真司はそれに答えない。

「志保、約束して」

「っ、あ、いじ、わる」

「うん。分かってる。でも、約束して」

志保が酸素を求めるように大きく息を吸った瞬間、真司は激しく中を突き上げた。すると、細い体が大きく震え、達したことを知らせるように蜜部がぎゅうっと締まった。自分が達しそうになるのを必死で堪えていると、小さくか細い声が聞こえてきた。

「っ、じゃあ、真司さんも……」

「……ん？」

「会社で働いているとき以外は、私だけの真司さんでいて」

驚きに目を見開く。頭をがん、と殴られたような衝撃だった。自分の知る志保はこんなことを言える女性ではなかった。喜びで胸がいっぱいになる。こうなってしまうと、もう真司の負けだった。

「誓うよ。一生、君だけだ」

なんて可愛いわがままだ。真司は優しく志保にキスをする。自分が知りたかった本当の志保をやっと見つけた。みんなの『お姉さん』でもなく、家族のために頑張る志保でもない。自分だけが知る、少しわがままな志保。

一生、君だけを愛する。

一音一音区切って、志保の耳の中に流し込んだ。志保に届いたことを確認して、真司はゆるゆると腰の動きを再開した。誓い合った後、真司が味わったのはこれまでに経験したことのない深い快楽だった。

◇　◇　◇

汗だくの体にシーツを被り、見つめ合う。会えなかった日のことを互いに語り合う。

「今は家族と一緒に住んでいるんです」

「そうか。それは……よかったな」

頭を撫でると、志保は無邪気な笑顔を見せた。あまりの可愛さにキスをすると、小さな手で肩を叩かれた。

「真司さんは？」

「俺は……そうだな。新しい事業もそうだが、誰もが働きやすい環境を整えようとしているところだよ」

「環境？」

「そう。働き方の選択肢を増やそうと思っている。ネットワークの整備が必要だからもう少し先になるかもしれないがな」

志保と一緒に暮らすため、という言葉は心の中にしまっておいた。格好つけたいのもあったが、実現してから話そうと思っていた。

「そういえば、志保のもう一つの仕事ってのは？」

「あっ！　あのね、私の経験と技術を見込まれて、今のＭＣの指導係になったの」

「……指導？」

「そう。アドバイザー？　っていう肩書みたい。あのね、私年齢ばかり重ねて自分には何もないって思ってたの」

「そんなこと！」

「ありがとう。でもね、真司さんが私のことずっと素敵だって褒めてくれたでしょ？　だから前向きになれたんです。年を重ねていくことの楽しさを知ったところに、今のお仕事の依頼が来て」

ふふふ、と軽やかに笑う。真司は何も言えずに志保を見つめた。

「真司さんと出会ってから、私、本当に幸せなことばっかり」

そこまで言われて、真司は堪らなくなった。小さな体を抱きしめ、自分の腕の中に閉じ込める。

「そんなの、俺だってそうだ」

「私の方が、そうです」

鼻先が擦れる。笑い声が重なり、これ以上ない幸福の中に包まれていた。

「そういえば、もうすぐ発表になるんだが、ママワとコラボした化粧品が出るんだ」

「え！」

キラキラと輝く瞳。美しい大人の中に見え隠れする、子供心。自分は一生こうやって志保のこんな表情を見ていきたい。そう心に留めて、キスを再開する。

「うん。できたら、志保にも使ってもらいたいな」

「楽しみです！」

君がわがままを言えるのは俺だけであって。

そんなわがままなことを願いながら、志保の尽きないおしゃべりに相槌をうった。

番外編　幸せになるための道のり

こんなに緊張するのは初めてかもしれない。体の底から冷え冷えとする真冬の中国で現地のスタッフと対面するときでさえ、こんなに震えなかった。

「真司さん？　大丈夫？」

「すまない。大丈夫」

どら焼きと『ＫＵＳＵＭＩ玩具』の新作を手に、真司は浅い呼吸を繰り返していた。志保に色々な菓子を味見してもらった結果、選ばれたどら焼きだったが、これで良かったのかと今更不安になってくる。

「真司さん、真司さん」

つんつん、と志保が腕を突ついてくる。ハッとして視線を移すと、細い指が口角をぐっと押し上げてきた。

「怖い顔してる」

「……どうやら、大丈夫ではなさそうだ」

強ばっていた顔の筋肉を揉みながら、大きく息を吐いた。今日ばかりはきっちりと締めたネクタイが苦しい。何とか体を楽にしようと胸を撫でるが、なんの効果もない。

「みんな楽しみに待っていますよ」

「だといいんだが」

今日は、志保の実家へ遊びに行くことになっている。遊びに行くと言っているが、実際は結婚の許可をもらう挨拶だ。

みんなのお姉さんの志保を妻にしたいと嘆願しなければならない。

「私が大好きなんだもん。きっとみんなも大好きになるよ」

「うん」

花がほころぶように笑う志保に釣られて、真司の口角も自然に上がった。以前よりもハッキリと好意を示すたびに、志保への愛が積み上がっていく。

志保の実家は入り組んだ住宅街にある。車での訪問はやめ、電車での移動となった。最寄り駅に到着し、家に向かう今、真司の調子は狂いっぱなしだ。

志保の家族には少しだけ複雑な思いを抱いている。まだ少女と言える娘への扱いは、正しいものと言えたのだろうか。最近、ヤングケアラーという言葉をよく聞く。志保の家はまさにそれだったのでは。と、過去を掘り返したくなった。

しかし、当の志保はそれでも家族との繋がりを求め、細い細い糸を紡いで今に至っている。

『娘さんをください』と伝える緊張と、『どうしてあんなことを』と責めてしまいそうな自分が混在することに少しだけ戸惑っていた。

「私、真司さんに出会わなければずうっと後ろばかり向いて生きてきた」

「……」

「でも、やっと前を向けたの。全部あなたのおかげ」

潤んだ瞳で見上げられ、真司は言葉を失った。今すぐ抱きしめて、柔らかな肌を味わいたい。そんな欲望が奥底から湧き上がる。

「敵わないなあ」

「ん？」

「志保」

緊張からかいつもよりも少し遅かった歩みを止める。賑やかな商店街の中に幼き志保の存在は感じられなかったが、目を閉じて少し想像してみる。

「真司さん？」

「……きっと、あのとき君は手のひらの上にある幸せを取りこぼさないように精一杯頑張っていたんだね」

幼い弟妹、そして新しい父親、生活。大変なことも多かった。けれども、幸せだった。

そこまで想像して、真司は大人になった志保と視線を交わす。

「その幸せを取りこぼさないようにできることはもっとあるだろうな」

「……」

真司はずっと考えていた。子育てに対する世間の厳しさ。支店長の育休、そして志保の環境。働き方を変革するだけではきっと足りない。

「まずは、保育所の整備。もちろんキラキラマンミュージアムにもだな。それと、積極的な育休取得。育休の金銭的補助、キャリア復帰支援。福利厚生が充実していくな」

まずは自分たちができることから。志保の手を取り、そっと自分の頬に寄せた。

「これから結婚して、もし子供ができたら。育児をしながらもきちんと働ける環境を必ず作ると約束する。君のような悲しい思いをする人がいなくなるように」

「真司さん……」

驚いたように目をまん丸にしている。今にも涙がこぼれ落ちそうだ。

「君の両親には思うところもある。けれども、俺が怒って解決する訳でもない。だから俺は自分がすべきことをきちんと伝えるよ」

もしかしたら、嫌味に聞こえるかもな。と、真司は最後におどける。しかし、志保は何度も首を横に振る。

「……私、すごく幸せ者です」

涙が一粒頬を伝う。パッと日が昇るような眩しい笑顔に真司は心を揺さぶられた。目覚めた欲求に素直になればすぐに楽になれるとも知っていた。しかし、人前で、かつ志保の地元ということもあり、真司は抱きしめたい衝動をぐっと堪えた。

「これ以上泣くと俺が何かしたと疑われそうだ」

「ふふふっ、どうかな」

結んだ手を名残惜しく離して志保の目尻を撫でた。くすぐったそうに目を細め、真司の手に頬を擦り寄せた。

――っ、かわいい。

素直になった志保のかわいらしさは、少女のような無邪気さもありとても危険だ。元々舞台に立っていた経験もあり、表情を作るのがうまい。『みんなのお姉さん』であろうとした健気な姿はもちろんだが、その中に大人の魅力が備わったせいか、こちらが振り回されるようなしぐさと表情をするようになった。

――大切にしたい。

志保が言うように、前を向けるようになった一端に自分の存在があるならば。この笑顔と無邪気さ、優しさを失わないようしていくだけだ。

「支えていきたいんだ。志保を」

「真司さん……」

「君が笑って、君らしくいられるように」

もう一度志保の手と自分の手を結んでいく。しかし、志保はなぜか顔を伏せた。あまりいい反応ではなく、怒らせてしまったかと顔をのぞき込む。

「志保？」

「……」

ぱっと上げた顔には、並々ならぬ決意が宿っている。

「あのね。私もなの」

「私も？」

「私も、真司さんを支えていきたいの。私たちの家族のことを沢山考えてくれてすごく嬉しい。それと同じように、あなたのことを支えていきたい」

「……志保」

思いもよらない告白に、真司は驚き、結んでいた手を離してしまう。

「私は、あまり学もないし教養がある訳じゃない。もも子さんみたいに仕事ができる訳でもない……だけど、真司さんを大好きっていう気持ちだけは誰にも負けない！」

なんと熱烈な告白だ。

自分が守っていかなければと思っていた。けれども、志保は真司よりもずっと強く、そして美しい。

「また惚れ直した」

「ええ！」

「ステージを観るたびにもっと好きになって、努力して、自分の憧れに近づいて……そうだよな。志保は本当に素敵な女性なんだよな」

確かめるように言葉にすると、隣で顔を真っ赤にしている愛しい人と視線が合う。

――まいったな。

たまらなく愛しくなって、口元が緩む。にやけるのを抑えられなくて、きっと自分は今、ＫＵＳＵＭＩ玩具の副社長とは言えないだらしない顔をしているだろう。

「ありがとう」

「うん」

「君に出会えてよかった」

解けた手を結び直して、二人はゆっくりと歩き出す。これだけ頼もしい彼女が隣にいるならば、もうきっと何も怖くない。緊張がすっかり解け、真司は前を向く。

「あ、見えてきました」

「どれどれ？」

「あそこです……あ、みんな外で待ってる」

目をこらすと、玄関前に人が立っているのが見える。そして、真司達の姿を見つけたのか、ここまで聞こえてくる大きな声で「お姉ちゃん！」と叫んでいた。

「やだ、弟と妹……みんな出てきてる」

「みんなのお姉さんをかっさらう悪い男だからな。俺は」

「まさか。私が幸せになるのに反対するわけないじゃないですか」

自分と幸せになると確信したような言い方に、喉奥から何かがこみ上げてくる。

――嬉しいんだな。俺は。

まっすぐに前を向く志保に遅れを取らないよう、真司は繋いだ手に力を込める。

「幸せになるための挨拶だもんな」

「そうそう」

すぐに同意した志保は、騒ぐ弟妹たちに手を振る。それに釣られるように、真司は土産の袋を持ち上げて同じように手を振った。

あとがき

この度は、『歌のお姉さんは崖っぷち〜強引御曹司と恋に落ちてもいいですか？〜』をお買い上げいただきありがとうございました。蜜夢文庫で刊行していただくにあたり、担当様、イラストレーターの蜂不二子様、デザイン会社の皆様、出版社様にこの場を借りてお礼を申し上げます。そして！　皆さま、イラストは見ていただけましたか？　わたしが描いてほしかったシーンが全て入っていました。二人がこの世界に生み出されたことを実感し、作者としてこれほど嬉しいことはありません。

では、〝あとがき〟というお話を語る場所をいただいたので二人について存分に語っていきたいと思っています。正直なところ、最初に書き始めた時、それはそれはもう志保さんが動いてくれなくてとっても苦労しました。家族とのしがらみや、自分の不甲斐なさから逃避するように逃げてきた少女のことを思うと、とにかく幸せにしてあげたいという気持ちが先走ってあれもこれも書きたいととっちらかる始末でした。結局書き上げるまでに一年。こうして形になるまでかなり時間がかかってしまいました。担当編集様には本当にご迷惑をおかけしました。けれども二人の愛の経緯がこうして一冊の本になり、私としてはとても嬉しく思います。

　番外編ではおうちへのご挨拶編を書かせてもらいましたが、本当はもっともっと書きたいことがあって……例えば志保ちゃんともも子さんが新商品の化粧品でキャッキャしていて、真司さんが「なんでこの二人はこんなに仲がいいんだ」とやきもきするところとか。志保の家族に会った時、弟妹達にもみくちゃにされるところとか、逆に真司さんのおうちに遊びに行って、潔と志保が甘いもの談義に熱を上げていて「なんでこの二人はこんなに仲がいいんだ（二回目）」とか。考えるだけで私がわくわくしてしまいます。前作の『指名№1のトップスタイリストは私の髪を愛撫する』（未読の方はぜひ！）は、書ききった！という思いが強かっただけに、今はとっても不思議な気持ちです。

　最後になりましたが、ここまでお読みくださった読者様に最大級の感謝と愛を送りたいと思います。またどこかでお会いできる日を楽しみにしています。

ぐるもり

兎山もなか

【お詫び】みんなの王子様の童貞は私が美味しくいただきました。
才川夫妻の恋愛事情 9年目の愛妻家と赤ちゃん
君が何度も××するから　ふしだらなスーツと眼鏡、時々エッチな夢
才川夫妻の恋愛事情　8年目の溺愛と子作り宣言
黙って私を抱きなさい！ 年上眼鏡秘書は純情女社長を大事にしすぎている
才川夫妻の恋愛事情～7年じっくり調教されました～
イケメン兄弟から迫られていますがなんら問題ありません。
編集さん（←元カノ）に謀られまして　禁欲作家の恋と欲望
清く正しくいやらしく　まじめＯＬのビッチ宣言

鳴海澪

俺様御曹司に愛されすぎ　干物なリケジョが潤って⁉
溺愛コンチェルト　御曹司は花嫁を束縛する
赤い靴のシンデレラ　身代わり花嫁の恋

葉月クロル

成約率100%の婚活アドバイザーに"すべて"教えられてしまいました
拾った地味メガネ男子はハイスペック王子！ いきなり結婚ってマジですか？

ひらび久美

辛口な上司ですが、プライベートは極甘です。ただし、私、限定で！
フォンダンショコラ男子は甘く蕩ける
恋愛遺伝子欠乏症 特効薬は御曹司⁉

御子柴くれは

濃く、甘く熟して 復讐に燃える乙女は禁断の愛に囚われる
セレブ社長と偽装結婚　箱入り姫は甘く疼いて⁉

水城のあ

禁断の誘惑に逆らえませんでした　俺様彼氏のイケナイ教え
S系厨房男子に餌付け調教されました
露天風呂で初恋の幼なじみと再会して、求婚されちゃいました‼
あなたのシンデレラ　若社長の強引なエスコート

御堂志生

愛を待つ桜　エリート弁護士、偽りの結婚と秘密の息子
欲望の視線　冷酷な御曹司は姫の純潔を瞳で奪う
エリート弁護士は不機嫌に溺愛する～解約不可の服従契約～
償いは蜜の味　S系パイロットの淫らなおしおき
年下王子に甘い服従　Ｔｏｋｙｏ王子

連城寺のあ

私を（身も心も）捕まえたのは史上最強の悪魔Dr.でした
同級生がヘンタイDr.になっていました

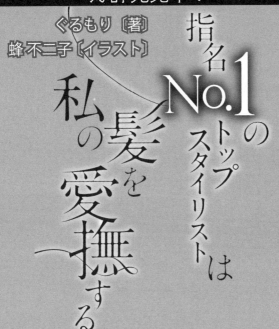

えっ、無茶ぶりがすぎるんですけど!?
“初めて”を全部俺にくれないか?
ダサい外見の下はイケメン!?
優秀な医師!!×
有能だけど好奇心旺盛すぎる
医療秘書

本書は、電子書籍レーベル「らぶドロップス」より発売された電子書籍『歌のお姉さんは崖っぷち　強引御曹司と一生分の恋』を元に、加筆・修正したものです。

★著者・イラストレーターへのファンレターやプレゼントにつきまして★
著者・イラストレーターへのファンレターやプレゼントは、下記の住所にお送りください。いただいたお手紙やプレゼントは、できるだけ早く著作者にお送りしておりますが、状況によって時間が掛かる場合があります。生ものや賞味期限の短い食べ物をご送付いただきますと著者様にお届けできない場合がございますので、何卒ご理解ください。
送り先
〒160-0004　東京都新宿区四谷 3-14-1　UUR 四谷三丁目ビル２階
（株）パブリッシングリンク
蜜夢文庫 編集部
○○（著者・イラストレーターのお名前）様

歌のお姉さんは崖っぷち
　強引御曹司と恋に落ちてもいいですか？
２０２１年１１月２９日　初版第一刷発行

著……ぐるもり
画……蜂不二子
編集……株式会社パブリッシングリンク
ブックデザイン……おおの蛍
（ムシカゴグラフィクス）
本文ＤＴＰ……ＩＤＲ

発行人……後藤明信
発行……株式会社竹書房
〒 102-0075　東京都千代田区三番町８－１
三番町東急ビル６Ｆ
email：info@takeshobo.co.jp
http://www.takeshobo.co.jp
印刷・製本……中央精版印刷株式会社